DUMONT

Katja Wiesberg verschwimmt die Welt vor Augen. Ihr Mann ist fort, sie ist ihren Job los und allein. Da sitzt auf einmal ein älterer Herr auf dem Rand ihrer Badewanne und stellt sich als Dr. Blank vor. Und noch ein Fremder taucht auf: ein Feuerwehrmann, der behauptet, zu einem Brand gerufen worden zu sein, und nicht wieder geht. Eine abenteuerliche Dreiecksgeschichte nimmt ihren Lauf, zwischen einer aus dem Alltag gefallenen Frau, einem überaus selbstbewussten Liebhaber und einem lebensweisen Toten. Mariana Lekys Roman entführt in eine Welt, die komischer und trauriger ist als unsere – und dabei geisterhaft menschlich.

»Lekys Sprache ist von scharfer Präzision und hinreißendem Witz.« F. A. Z.

»Mariana Leky schreibt genau, ehrlich, witzig, furchtlos und erfrischend. Das perfekte Lesevergnügen.« BRIGITTE

»Ein tiefgründiges Schmunzelstück.« KURIER WIEN

»Grotesk und rührend, vor allem aber verblüffend weise.« SÜDDEUTSCHE ZEITUNG

Mariana Leky studierte nach einer Buchhandelslehre Kulturjournalismus an der Universität Hildesheim. Bei DuMont erschienen der Erzählband ›Liebesperlen‹ (2001), der Roman ›Erste Hilfe‹ (2004) sowie ›Bis der Arzt kommt. Geschichten aus der Sprechstunde‹ (2013). 2017 erschien ihr Roman ›Was man von hier aus sehen kann‹, der wochenlang auf der Spiegel-Bestsellerliste stand. Sie lebt in Berlin und Köln.

Mariana Leky

Die Herrenausstatterin

Roman

DUMONT

Von Mariana Leky sind bei DuMont außerdem erschienen:

Liebesperlen
Erste Hilfe
Bis der Arzt kommt. Geschichten aus der Sprechstunde
Was man von hier aus sehen kann
Kummer aller Art

FSC
www.fsc.org
MIX
Papier | Fördert gute Waldnutzung
FSC® C083411

Das bei der Produktion dieses Buches entstandene CO_2 wurde durch die Finanzierung von Klimaschutzprojekten kompensiert: climate-id.com/17531-2110-1001/de

12. Auflage 2023
DuMont Buchverlag, Köln

Umschlaggestaltung: Lübbeke Naumann Thoben, Köln
Umschlagabbildung: Welle © FrankRamspott/istockimages; Feuerwehrmann © akg-images/bilwissedition
Satz: Fagott, Ffm
Gesetzt aus der Dante
Druck und Verarbeitung: CPI books GmbH, Leck
Gedruckt auf säurefreiem und chlorfrei gebleichtem Papier
Printed in Germany
ISBN 978-3-8321-6165-1

www.dumont-buchverlag.de

Meinen Eltern

»Ich mache Ihnen den Vorschlag, sich mir anzuvertrauen.«

Der vermummte Herr in Frank Wedekinds *Frühlings Erwachen*

Bis später

Alles hätte gut und gern so weitergehen können, aber dann ist alles zerbrochen, was, wie Blank später sagte, ein sicheres Zeichen dafür ist, dass es eben nicht so habe weitergehen können, auch wenn ich das geglaubt hatte. Was man selber glaubt, ist, auch das sagte Blank später, manchmal unmaßgeblich in der Frage, ob etwas zerbrochen gehört oder nicht.

Morgens, wenn ich aufwachte, war Jakob längst wieder da oder gar nicht weg gewesen. Er lag neben mir in meinem Bett, je nach Jahreszeit unter einem Laken oder einer Decke. Jakob schlief wie ein Toter und brauchte anschließend lange, um richtig wach zu werden. Oft verschlief er und wachte erst auf, wenn die Sprechstundenhilfe anrief und sagte: »Sie müssten jetzt wirklich mal kommen, hier ist alles voller Schmerzpatienten.« Dann stieg Jakob schlaftrunken in seine Kleider, ging schlaftrunken los, kaufte unterwegs einen Kaffee zum Mitnehmen, er tat das ohne Worte, weil man ihn in der Kaffeebar kannte, er kam schlaftrunken in die Praxis und durchquerte schlaftrunken sein volles Wartezimmer. Seine Sprechstundenhilfe wusste, dass Jakob morgens dankbar war für jedes Wort, das er nicht sagen oder hören musste, deshalb sagte sie nichts, folgte ihm ins Behandlungszimmer, zog ihm dort den zerdrückten Kaffeepappbecher aus der Jackentasche, reichte ihm den frisch gewaschenen Kittel und wies Jakob, kurz bevor der erste Schmerzpatient hereinkam, wortlos auf den Schlaf in seinen Augenwinkeln hin. Es ist beunruhigend, von jemandem behandelt zu werden, der noch Schlaf in den Augen hat.

Jakob war Zahnarzt. Ich lernte ihn kennen, als meine Zähne schlecht waren, deshalb kannte ich mich mit Zahnärzten gut aus und wollte eigentlich keinen neuen mehr kennenlernen. Ich kannte mich mit den Wartezimmern aus, in denen hauptsächlich Leute sitzen, die aussehen, als kämen sie nur mal so zur Kontrolle. Ich kannte den Zahnarztbegrüßungshandschlag, ein kurzer fester Griff mit einer vom vielen Waschen farblosen und wachsweichen Hand. Ich kannte das ungeduldige Zahnarztnicken, wenn man dem Zahnarzt noch etwas sagen möchte, bevor man den Mund aufsperrt und nichts mehr sagen kann. Man fängt bereits im Türrahmen des Behandlungszimmers an zu reden, um auf dem kurzen Weg zwischen Tür und Behandlungsstuhl alles gesagt zu haben, man verhaspelt sich dabei in dem Versuch, zahnarztwunschgemäß schneller zu reden, rasant schildert man Ort und Stärke der Beschwerden und beteuert rasant, dass man wirklich jeden Abend mit Zahnseide und Zahnhölzchen, Interdentalbürstchen und Munddusche hantiert hat, weil man sich gut mit jemandem stellen will, der wahrscheinlich gleich dafür sorgt, dass es schmerzhaft wird. Leider vergisst man dabei immer, dass der Zahnarzt mit Beteuerungen nichts anfangen kann. Der Zahnarzt will, dass man noch rasanter schildert, die Beteuerungen am besten ganz auslässt und endlich den Mund aufsperrt.

Ich kannte den Satz, den Zahnärzte sagen, wenn der Mund endlich aufgesperrt ist: »Wir werden uns noch ein paar Mal wiedersehen müssen«, sagen sie, bevor sie anfangen zu behandeln. Ich kannte auch die anschließende Schweigsamkeit der Zahnärzte. Zahnärzten hat man nicht beigebracht, dass manche Dinge weniger schmerzhaft sind, wenn man erklärt bekommt, was warum und wie lange schmerzhaft sein wird. Ich kannte den leeren Blick der Zahnärzte, wenn sie mit ihren Bohrern hantieren, die sich immer anhören wie ein versehentlich angerufenes Faxgerät, nur viel lauter.

Als mein damaliger Zahnarzt im Urlaub war, ging ich zu seiner Vertretung. Die Vertretung war Jakob, der damals noch Dr. J. Wiesberg hieß. In seinem Wartezimmer saß niemand nur mal so zur Kontrolle.

Als ich Jakob zum ersten Mal sah, war er ausgeschlafen, mein Termin lag am frühen Nachmittag. Als er mir zur Begrüßung die Hand gab, lief ihm eine Träne über die Wange.

»Weinen Sie?«, fragte ich, weil mich die unverhoffte Regung erstaunte. Außerdem ist es beunruhigend, von einem weinenden Zahnarzt behandelt zu werden.

»Ich weine nicht«, sagte er, »meine Augen sind nur zu trocken.« Er zog ein Fläschchen aus seiner Kitteltasche und hielt es mir hin. *Tears again*, stand darauf, und Jakob erklärte, dass er sich die Flüssigkeit regelmäßig in seine zu trockenen Augen träufeln müsse, was dazu führe, dass ab und zu eine Träne unkontrolliert über seine Wange laufe.

Ich drehte das Fläschchen in den Händen und wusste nicht, was ich sagen sollte, weil mir noch nie ein Zahnarzt etwas von sich gezeigt hatte, und schließlich sagte ich: »Es hat ein benutzerfreundliches Design.« Jakob nickte und lächelte mich an. Ich gab ihm das Fläschchen zurück und sagte möglichst schnell Sachen, die man vorher noch sagen will, und Jakob nickte kein bisschen, sondern stellte konstruktive Fragen. Er besah sich meine Zähne, murmelte Buchstaben und Zahlen und sagte: »Wir werden uns noch ein paar Mal wiedersehen.«

»Heben Sie bitte sofort die Hand, wenn es schmerzhaft wird, dann hören wir schnurstracks auf«, sagte er, als er anfing zu behandeln, und dann: »Und jetzt denken Sie mal an was Schönes.«

Weil es sich anbot, dachte ich an Jakob, denn Jakob war schön, obwohl er Zahnarzt war. Jakob bohrte an meinem Zahn herum und sagte mehrmals, ich solle sofort die Hand heben, wenn es schmerzhaft würde, denn dann würden wir schnurstracks aufhören, er sagte das nachdrücklich, als seien wir nicht bei einer Zahnbehandlung, sondern auf einer besonders waghalsigen Expedition, die ich als Erste unternahm. Jakob erklärte ausführlich, was warum wie lange eventuell schmerzhaft sein könnte, er war kein bisschen schweigsam. »Sie machen das wirklich wunderbar«, sagte er, obwohl es gar nicht besonders schmerzhaft war, »Sie machen das mit Bravour«, er sagte: »Menschen, die Schmerzen mit solcher Geduld begegnen, sind selten« und: »Sie ertragen das mit der Ruhe eines indischen Yogi.« Er sagte das alles ernst und leise, und spätestens jetzt wusste ich, warum Jakobs Wartezimmer so voll war. Ich freute mich, ausgerechnet an Jakob geraten zu sein, und als es dann doch etwas schmerzhaft wurde, hob ich nicht die Hand, sondern schaute auf ein großes Schild, das an der Decke über dem Behandlungsstuhl hing. In großen Buchstaben stand darauf: *Gleich ist es vorbei.*

Tatsächlich war es gleich vorbei, und tatsächlich hatte niemand eine Ahnung davon, dass genau jetzt die Sache mit Jakob losging. Es ist ganz und gar normal und ganz und gar ungeheuerlich, dass man immer ahnungslos ist, wenn solche Sachen ihren Anfang nehmen. Nie hat man bei ihrem Losgehen eine Ahnung von ihrem Ausmaß und ihrer Wucht oder davon, was warum und wie lange schön oder schmerzhaft sein wird, und ich wünschte, ich wüsste, was gewesen wäre, wenn auf dem Schild über dem Behandlungsstuhl nicht *Gleich ist es vorbei*, sondern *Jetzt geht es los* gestanden hätte. Wenn dort *Das ist Jakob, jetzt geht es los, und es wird sehr, sehr lange nicht vorbei sein*, gestanden hätte. Und: *Es wird schön, so schön, wie noch nie etwas war, und dann wird es schmerzhaft, so schmerzhaft, wie noch nie etwas war, aber leider zu spät sein, um schnurstracks aufzuhören*, wenn da gestanden hätte, was genau wie schön oder schmerzhaft sein würde, ich wünschte, ich wüsste, was passiert wäre, wenn ich all das hätte lesen können auf dem Schild über dem Behandlungsstuhl, während ich einen Bohrer und ein Absauggerät im Mund hatte und Dr. J. Wiesberg konzentriert meinen Zahn behandelte.

Vielleicht wäre nichts anders gewesen und ich nur erstaunt, dass ich ausgerechnet an einen Zahnarzt geraten wäre. Vielleicht wäre ich glücklich über den Teil mit dem nie dagewesenen Schönen gewesen, und vielleicht hätte ich über den Teil mit dem nie dagewesenen Schmerzhaften gedacht: »Das wollen wir ja mal sehen«, so, wie ein herkömmlicher Zahnarzt es sagt, wenn man ihm bereits beim Reinkommen etwas von Hölzchen und Bürstchen erzählt.

Wenn Jakob am Vormittag aufstand, war ich schon weg, ich stand früh auf und ging übersetzen. Ich übersetzte von Montag bis Freitag in einem Großraumbüro Gebrauchsanweisungen, Berichte, Broschüren und Beipackzettel, Werbetexte und besinnliche Sprüche und ab und zu ein Schild. Es gab viel zu übersetzen und einen Chef, der Bengt hieß. Bengt ist ein Name, der, wenn man ihn mehrmals hintereinander ruft, klingt wie ein aufprallender Ball, und Bengt wurde oft gerufen. »Bengt! Bengt!«, rief immer irgendwer, der mit seiner Übersetzung nicht weiterwusste. Dann kam Bengt, er hatte einen schnellen, hüpfenden Gang und sah immer aus, als würde Gott ihn dribbeln.

Es gab regelmäßige Arbeitszeiten und einen eigenen Schreibtisch, auf dem kein Foto von Jakob stand. Ich hätte nichts dagegen gehabt, eines hinzustellen, viele im Großraumbüro hatten Fotos von nahestehenden Menschen oder Tieren auf ihrem Schreibtisch, aber Jakob fand gerahmte Nahestehende eine Unart und war überzeugt, dass ich das auch fände.

Evelyn, die neben mir übersetzte, fand meinen Schreibtisch kahl. Auf ihrem standen Fotos von diversen Männern und Frauen in bunten, kleinen und großen Rahmen, verflossene und aktuelle Lieben und Tanten und Neffen, außerdem zu jeder Jahreszeit eine Schale voller Marzipankartoffeln. Evelyn bekam die Marzipankartoffeln von ihren Verehrern. Weil Evelyn viele Verehrer hatte, war sie etwas dick geworden und hatte sich vorgenommen, nicht mehr alle Marzipankartoffeln selber zu essen. Sie brachte die geschenkten Marzipankartoffeln mit ins Büro, stellte sie teilweise zur freien Verfügung auf ihren Schreibtisch und verteilte sie teilweise in Tüten unter den Kollegen, damit wir sie aufbewahrten für die Zeit, wenn die Wirkung der ganzen Marzipankartoffeln in Evelyn wieder nachgelassen hatte und Raum für neue war.

Die Wirkung der Marzipankartoffeln war hartnäckig. Die Verehrer waren es auch. Sie trieben jederzeit Marzipankartoffeln auf, sogar im Juni.

Seit kurzem hatte Evelyn nicht nur Marzipankartoffeln, sondern auch Tabletten dabei, für und gegen Schlaflosigkeit zum Beispiel, die sie bei Bedarf unter den Kollegen verteilte, denn einer von Evelyns Verehrern war Psychiater. Der Psychiater war verrückt nach Evelyn und machte deswegen neuerdings alles falsch. Er erzählte seinen ganzen traurigen Patienten von Evelyn und ihrer Schönheit, anstatt den Patienten zuzuhören, die kamen, weil sie erzählen wollten, dass sie keine Evelyn und überhaupt weit und breit keine Schönheit in ihrem Leben hatten, und sie wollten dabei ab und zu von einer konstruktiven Frage des Psychiaters unterbrochen werden und Tabletten verschrieben bekommen, die gegen ausbleibende Schönheit im Leben wirkten, aber der verliebte Psychiater ließ sie kaum zu Wort kommen und zückte weder den Rezeptblock noch die konstruktive Frage, und die traurigen Patienten wurden immer trauriger durch all die Geschichten darüber, was Evelyn heute wieder Schönes getan oder gesagt hatte, und immer selbstmordgefährdeter wurden sie auch.

Der Psychiater hatte einen abgeschlossenen Medikamentenschrank voller Tabletten, aber für Evelyn öffnete er alles.

Evelyn übersetzte aus dem Spanischen, ich aus dem Englischen, wir riefen selten nach Bengt. In den Pausen rauchten wir manchmal auf dem Klo und redeten über die leichten oder vertrackten Übersetzungen, an denen wir gerade saßen, und über Evelyns leichte oder vertrackte Liebesgeschichten. Nach dem Rauchen sprühten wir eine Mischung aus Odol und Imprägnierspray in die Kabine, je drei Sprühstöße, wir hatten gute Erfahrungen damit gemacht.

Jakob und ich wohnten nicht zusammen, aber Jakob hatte einen Zweitschlüssel, und wenn ich abends nach Hause kam, wartete er meistens in meiner Wohnung auf mich. Seine Hände waren weiß und weich vom vielen Händewaschen, er roch noch nach Desinfektionsmittel und ich noch nach Imprägnierspray, beides verflog.

Nachts ging Jakob oft spazieren. »Bis später«, sagte er dann, und wenn es später war, kam er wieder. Bis es später war, saß ich am Schreibtisch und übersetzte, was noch bis morgen übersetzt werden musste. Manchmal rief Jakob mich von unterwegs an, aus einer nächtlichen Haupt- oder Nebenstraße, einer Kneipe, einem Park oder, wenn er aus der Stadt gefahren war, einem Wald. Er erzählte, wem er begegnet war, einem Freund, einem Kollegen, einem Schmerzpatienten, einem Fuchs. Er fragte, wie es mit der Übersetzung gehe, und ich erzählte, ob es ging oder nicht, meistens ging es.

Manchmal nahm Jakob mich mit auf einen nächtlichen Spaziergang, einmal liefen wir einen Waldweg entlang. Es war stockfinster und ich rempelte Jakob an, weil ich den Abstand falsch eingeschätzt hatte. Jakob stolperte und stieß sich den Kopf an einem Ast. »Oh«, sagte ich, »du warst viel näher, als ich dachte.« Jakob rieb sich die Stirn. »Das bin ich immer«, sagte er.

Weil man manche Dinge besser fragen kann, wenn es dunkel ist und der andere einen nur schemenhaft sehen kann, fragte ich Jakob in dem stockfinsteren Wald, ob er sich vorstellen könne, mit mir zusammen zu wohnen. Ich wollte schon lange mit Jakob zusammen wohnen, hatte mich aber nie getraut, ihn das zu fragen, weil ich mir nicht vorstellen konnte, dass Jakob sich das vorstellen konnte. Aber jetzt, im Wald, fand ich, dass man schließlich nie ganz sicher sein konnte, den anderen und seine Vorstellungen zu kennen, dass man sich das Kennen des anderen womöglich nur unterstellte, dass man wenigstens gefragt haben müsse, damit nicht irgendwann, wenn alles zu spät wäre, herauskäme, dass man sich doch immer dasselbe gewünscht hatte, damit nicht Jakob, wenn er ein Greis wäre und auf dem Sterbebett läge, sagen würde, er habe zeit seines Lebens darunter gelitten, dass wir nie zusammen gewohnt hätten.

Ich fragte Jakob, ob er mit mir zusammenwohnen wolle, Jakob lachte, legte den Arm um mich und sagte: »Gott bewahre.« Dann blieb er stehen und räusperte sich. »Aber ich kann dir ersatzweise anbieten, dass wir heiraten.«

Ich rechnete häufig mit Abwegigem. Ich stellte mir abwegige Dinge vor und rechnete dann mit ihnen, aber dass Jakob heiraten wollte, war so abwegig, dass selbst ich nicht damit gerechnet hatte. Heiraten ist für Jakob noch schlimmer als gerahmte Fotos von Nahestehenden, hatte ich geglaubt, und kein Wald und überhaupt kein Ort auf der Welt hätte so stockfinster sein können, dass ich Jakob darin gefragt hätte, ob er mich heiraten wolle.

Jetzt hätte ich Jakob doch gerne deutlicher gesehen. »Gern«, sagte ich, »ja, gern, natürlich.« Jakob legte den Arm um meine Schultern. »Gut«, sagte er, »dann machen wir das.«

Wir gingen schweigend weiter, stolperten dann über einen Traktorreifen und fielen der Länge nach hin. Wir blieben liegen, eine ganze Zeit lang und wortlos, weil wir beide den Plan vom Heiraten kaum fassen konnten. Dann, als man wieder besser sehen und Abstände richtig einschätzen konnte, blickte Jakob zu mir herüber und lächelte mich an. »Spektakulär, oder?«

»Absolut«, sagte ich.

Die Hochzeit feierten wir an einem See. Jakob hatte den Trauspruch ausgesucht. »*Setze mich wie ein Siegel auf dein Herz, wie ein Siegel auf deinen Arm, denn die Liebe ist stark wie der Tod*«, sagte der Pastor. »*Ihre Glut ist feurig und eine Flamme des Herrn, so dass auch viele Wasser die Liebe nicht auslöschen und Ströme sie nicht ertränken können*«, sagte er, und er sagte es noch mal, als er um Mitternacht betrunken und glücklich in den See gefallen war.

Jakobs Mutter und mein Vater hielten Reden, sie stellten sich mit bebenden Zetteln vor unseren Tisch und redeten darüber, wie Jakob und ich bisher gewesen waren, in der Kindheit und der frühen und der späteren Jugend, dann wurde applaudiert und angestoßen.

Als Jakob ein Kind war, erzählte seine Mutter, habe sie ihn regelmäßig in die Notaufnahme gebracht, regelmäßig habe man Jakob verbinden, eingipsen oder nähen und einmal sein Auge in letzter Sekunde retten müssen, weil er als Einjähriger in eine unzureichend verschlossene Flasche *Rohrfrei* geschaut hatte. Mit dem Dreirad war er mitten in einen engmaschigen Stacheldraht gerast, aus dem man ihn herausschneiden musste, mit einer Kleinkindertröte im Mund war er übers Kopfsteinpflaster gerannt, bis er hinfiel und die Tröte im Hals steckte, aus Baumhäusern und von Hochbetten war er gefallen, mit acht Monaten ins stürmische Mittelmeer gekrabbelt und in letzter Sekunde nicht ertrunken.

Mein Vater erzählte, dass ich ein vorsichtiges Kind gewesen sei, das so gut wie nie hinfiel, was daran lag, dass ich die meiste Zeit am Küchentisch saß und malte. Ich malte Bilder in fröhlichen Farben. »Mal doch mal ein Monster, oder eine Krähe, irgendwas Dunkles wenigstens«, hatte mein Vater immer wieder angeregt, aber ich hatte unbeirrt weiter in Eiscremetönen gemalt.

In der Schule hatte Jakob die Unterschrift seiner Eltern auf den blauen Briefen gefälscht und im Treppenhaus Mülleimer über hochsteigenden Lehrern ausgekippt. Regelrecht verhaltensauffällig sei er gewesen, sagte Jakobs Mutter lächelnd. Ich hatte das Schulgemüsebeet und Freundschaften gepflegt, und wenn ich eine zwei geschrieben hatte, erzählte mein Vater, hatten die Lehrer mich gefragt, ob ich jetzt sehr enttäuscht sei.

In seinem Studium hatte Jakob sich nur lückenhaft auf Prüfungen vorbereitet oder gar nicht, er hatte trotzdem immer bestanden, weil, vermutete Jakobs Mutter, man Jakob gerne reden höre, auch wenn er nicht über das sprach, über das er eigentlich sprechen sollte. Das stimmte. In meinem Studium war ich auf alle Prüfungen immer umfassend vorbereitet gewesen. »Sie war schon immer recht ehrgeizig«, sagte mein Vater. Das stimmte nicht, ich war nicht aus Ehrgeiz, sondern aus Angst so gut vorbereitet gewesen, und weil man bei Angst das Naheliegende mit dem Abwegigen verwechselt, hatte ich mich auch auf abwegige Fragen umfassend vorbereitet und am Abend vor Prüfungen immer so viel Beruhigungstee getrunken, dass ich die ganze Nacht aufs Klo musste.

In meinen Urlauben, die sich nie weit weg abspielten, geriet ich auf Spaziergängen, an deren Ende eine wunderbare Aussicht stehen sollte, aus Versehen regelmäßig in beschauliche Wohnanlagen, die nichts versprachen, außer dass ich ganz bestimmt irgendwo falsch abgebogen war, weswegen ich, erzählte mein Vater, auf die Frage nach Urlaubserlebnissen immer einsilbig antwortete. Jakob, erzählte seine Mutter, geriet in seinen Urlauben regelmäßig in Gefahr. Angeblich aus Versehen kam er in einem sibirischen Wald voller Bären vom Weg ab, angeblich aus Versehen wurde er in einem afrikanischen Nationalpark voller Krokodile über Nacht eingeschlossen, und sowohl die sibirischen Bären, vor denen Jakob sich tot stellte, als auch die afrikanischen Krokodile, denen Jakob davonlief, waren gerade Mutter geworden und deshalb noch gefährlicher als sowieso schon.

Das Erste, sagte mein Vater, was ich ihm von Jakob erzählt hätte, sei, dass er gerne in einem Zelt leben würde. »Stell dir vor, in einem Zelt!«, hätte ich entrüstet gesagt, und dass ich eine sei, die am liebsten in einem großen freistehenden Eigenheim mit Fensterläden wohnen wolle.

Am Ende ihrer Rede sagte Jakobs Mutter, dass Jakob und ich füreinander abenteuerlich im besten Sinne seien. Jakob flüsterte: »Pass auf, gleich kommt eine Metapher«, und Jakobs Mutter sagte, ich sei für Jakob das Haus mit Fensterläden, das er sich nie getraut habe, und Jakob sei für mich das Zelt, das ich mich nie getraut habe.

Jakobs winzige Großmutter, die gläsern aussah und etwas unverständlich sprach, weil sie samt ihrer Stimmbänder hundertzweieinhalb Jahre alt war, erhob sich und sagte, wir seien das harmonischste Paar, das sie jemals gesehen habe. Dann fing sie an zu weinen, alle applaudierten, Jakob ging zu ihr hin, hob sie hoch wie eine kostbare Vase und setzte sie auf seinen Schoß. Dort saß sie, bis alles zu Ende geredet, gegessen, dargeboten und beklatscht worden war und endlich getanzt werden konnte.

Es wurde viel getanzt auf der Hochzeit, viel durcheinandergetrunken und viel geweint. Jakobs Großmutter hörte nicht auf zu weinen, weil wir ein harmonisches Paar waren, Jakobs Cousinen zweiten Grades weinten, weil sie sich gestritten hatten und nicht wussten, wie sie sich versöhnen sollten, Evelyn weinte, weil sie merkte, dass sie in Bengt verliebt war, ausgerechnet in Bengt, aber Bengt nicht mehr in sie, Jakobs Schwester weinte, als zum zweiten Mal ihr Lieblingslied gespielt wurde, meine Mutter weinte, weil sie das noch erleben durfte, Jakobs Nichte weinte, weil sie in Jakob verliebt war, meine Tante weinte, weil sie nicht mehr in meinen Onkel verliebt war, der Pastor weinte, weil er seine Rede so ergreifend fand, Jakobs Mutter weinte, weil Jakobs Vater das nicht mehr erleben durfte, meine Nichte weinte, weil der Sohn von Jakobs bestem Schulfreund ihr auf den Saum getreten und das neue Kleid zerrissen hatte. Immer stand irgendwer am Rand der Tanzfläche und weinte, aber nur kurz, denn immer kam schnell jemand dazu und tröstete und zog den, der geweint hatte, zurück auf die Tanzfläche, und dann wurde weitergetanzt.

Es wurde auch viel und durcheinander geküsst. Evelyn küsste einen Kieferorthopäden und hoffte, dass Bengt es sähe, aber Bengt sah es nicht, denn Bengt küsste im Schilf meine Patentante, die ihm mit roten Wangen versicherte, dass das nicht gehe und sie viel zu alt für ihn sei. Es ging aber doch. Der durchnässte Pastor versuchte, meine Mutter zu küssen, aber das ging nicht. Meine Nichte küsste den, der ihr auf den Saum getreten war, und Evelyn küsste nach dem Kieferorthopäden Jakobs angeheirateten geschiedenen Onkel.

Im Morgengrauen waren einige weg, einige schliefen an oder auf oder unter einem Tisch, einige unterhielten sich leise oder tanzten Stehblues ohne Musik. Jakob, Evelyn und ich gingen zum Bootssteg und legten uns dort hin, mein Kopf lag auf Jakobs Bauch, Evelyns Kopf auf meinem Bauch. Die Lampions über uns stießen im Nachtwind sachte aneinander, im Schilf quakten die Frösche, ein angeleintes Ruderboot schaukelte auf dem See. Evelyn richtete sich auf, nahm den letzten Schluck aus einer Wodkaflasche, die sie seit einiger Zeit nicht mehr aus der Hand gab, und guckte mit vorgestülpter Unterlippe auf das Boot. Evelyn war sehr betrunken. »Jede Begegnung eines Menschen mit einem anderen Menschen«, sagte sie und hob den Zeigefinger in die Luft, »ist die Begegnung eines leeren Bootes mit einem anderen leeren Boot.« Evelyn war vor einiger Zeit mit einem Buddhisten zusammen gewesen.

Jakob lachte, Evelyn ließ sich nach hinten kippen, fiel mit dem Kopf zurück auf meinen Bauch, murmelte noch etwas von Bengt und Boot und leer und sternhagelvoll und schlief dann ein.

Das siebenjährige und übernächtigte Kind von Jakobs französischem Studienfreund kam angelaufen und wünschte Jakob und mir ein Frohes neues Jahr, es hatte uns das schon mehrfach gewünscht, es war das Einzige, was es auf Deutsch wünschen konnte. »Danke sehr«, sagten wir. Das übernächtigte Kind setzte sich neben uns und ließ Steine über das Wasser springen. Jakob strich mit den Fingerkuppen über mein Schlüsselbein, hin und her, alles war jetzt ruhig, ich hörte nur das Quaken der Frösche, kleine Wellen, das Springen der Steine, die Geräusche in Jakobs Bauch. Ich hob Evelyns Kopf an, drehte mich auf die Seite, legte Evelyns Kopf auf meine Hüfte, die Augen fielen mir langsam zu. Bevor ich einschlief, hörte ich noch, wie Jakob in mein Ohr flüsterte: »Das haben wir gut gemacht«, und ich sah noch, dass auf der gegenüberliegenden Seite des Sees jemand stand und rauchte, jemand, den ich nur schemenhaft sehen konnte. Bestimmt war es ein vereinzelter Hochzeitsgast oder ein Angler, ich weiß genau, dass es nicht

Blank gewesen sein kann, allein schon, weil er nie geraucht hat, trotzdem stelle ich mir manchmal vor, dass es Blank war, der da stand und rauchte und von der gegenüberliegenden Seite des Sees zu Jakob und mir herübersah. Ich stelle es mir vor, weil ich wünschte, Blank könnte sagen: »Ich weiß es ja, ich weiß es, ich war dabei, ich habe es gesehen.«

Jakobs Lieblingstante hatte uns zur Hochzeit einen eineinhalb Meter hohen pinkfarbenen Flamingo aus Porzellan geschenkt. Sein geschwungener Hals sah aus wie ein halbes Herz, er stand auf einem Bein, hatte das andere angewinkelt und spreizte seinen rechten Flügel. Die Tante hatte den Flamingo ironisch gemeint, aber das machte ihn nicht kleiner. Jakob wollte ihn sofort wegwerfen, bereits auf der Rückfahrt von der Hochzeit wollte er ihn auf einer Landstraße aussetzen. Jakob saß auf dem Beifahrersitz und hatte den Flamingo zwischen den Beinen. Auf der Rückbank war kein Platz mehr gewesen, sie war bereits voller sperriger Geschenke. *Just Married*, stand auf der Heckscheibe hinter den aufgetürmten Geschenken, Jakobs Mutter hatte das mit einem goldenen Lack dahin gesprüht, von dem niemand wusste, ob er jemals wieder abgehen würde.

Ich fand, dass wir den Flamingo nicht aussetzen dürften, weil man Geschenke, zumal Geschenke von Nahestehenden, die man liebt, auf jeden Fall behalten müsse. »Auch, wenn man unter den Geschenken leidet?«, fragte Jakob.

Der rechte Flügel des Flamingos lag auf Jakobs Knie, der Kopf auf seiner Schulter. Jakob versuchte, sich an dem Flamingo vorbei Pflaster auf seine Füße zu kleben, die die ganze Hochzeit über in neuen Schuhen gesteckt hatten.

»Darunter leiden ist ein bisschen übertrieben, in dem Fall, oder?«, fragte ich, »außerdem liebst du deine Tante doch.«

»Ich liebe meine Tante, aber ihre Geschenke liebe ich nicht. Und wenn man sich liebt, kann man sich ja wohl die Wahrheit sagen.«

»Natürlich«, sagte ich, »aber nicht, wenn die Wahrheit vollkommen überflüssig ist und deiner Tante nur wehtun würde.«

»Mir tut aber dieser vollkommen überflüssige Flamingo weh«, sagte Jakob und schob den Kopf des Flamingos zur Seite, der sich immer wieder an seinen Hals schmiegte.

»Vielleicht geht er ja bald kaputt, er sieht ziemlich teuer aus«, sagte ich, weil beim Porzellan das besonders teure besonders zerbrechlich ist.

»Wir stellen ihn in den Keller«, sagte Jakob.

»Und wenn deine Tante zu Besuch kommt?«

»Dann holen wir ihn hoch.«

»Und wenn sie spontan kommt?«

Jakobs Tante kam oft zu Besuch, und sie besuchte sowohl mich als auch Jakob gerne spontan.

Jakob hatte seine Füße fertig verpflastert, beugte sich zu mir herüber und küsste mich. »Nimm du ihn«, sagte er.

Wir stellten den Flamingo in mein Wohnzimmer. Jakob versuchte, es wie einen Unfall aussehen zu lassen. Mehrmals wöchentlich rempelte er den Flamingo an, er trat oder lehnte sich wie zufällig dagegen, aber selbst, wenn der Flamingo umfiel, blieb er unversehrt.

»Stellen wir ihn in den Garten«, schlug Jakob vor, »das wird ihn mürbe machen.« Wir trugen den Flamingo hinunter. Jakob stellte ihn hinter eine Tanne, weil man ihn da am wenigsten sah. »Hinter der Tanne ist er zu geschützt«, sagte ich und stellte den Flamingo schutzlos in die Mitte des Gartens, »wir müssen ihn der Witterung aussetzen.«

Wir gingen wieder nach oben und schauten aus dem Fenster hinunter. Der Flamingo hob sein Bein jetzt gut sichtbar mitten in einem Blumenbeet. »Hoffentlich geht es schnell«, sagte Jakob. Es ging aber nicht schnell. Der Flamingo ging über zwei Jahre lang nicht kaputt.

Als im Herbst zahlreiche Kastanien vom Baum herabsausten und den Flamingo verfehlten, bekamen fast alle Mitarbeiter in Bengts Übersetzungsagentur eine Grippe, nur Evelyn und ich blieben übrig. Bengt nahm Evelyns Tabletten für Schlaflosigkeit, hüpfte nervös um unsere Schreibtische herum und fragte immer wieder, ob es vielleicht auch etwas schneller gehe. Nachdem ich die vierte Nacht durchübersetzt hatte, beschloss Jakob, nach Dienstschluss heimlich mit zu übersetzen. »Das ist Betrug«, sagte ich. »Das ist ein Notfall«, sagte Jakob, »und Englisch kann schließlich jeder.« Er übersetzte mehrere Nächte lang Broschüren und Werbeslogans, steckte mir morgens die Texte zu, und als ich Bengt Jakobs Übersetzungen vorlegte, sagte er, es sei schon erstaunlich, dass ausgerechnet ich plötzlich so viele Flüchtigkeitsfehler machte, aber es freue ihn zu sehen, dass ich mutiger werde und mir nun auch freiere und kreativere Übersetzungen zutraue.

Als im Winter das Nachbarskind einen Schneeflamingo neben unseren zu bauen versuchte und jedes Mal spätestens am Hals und am Spielbein scheiterte, starb Jakobs Schwester an einem besonders hastigen Krebs. Bevor sie starb, lag sie eine Woche auf der Intensivstation. Jakob saß Tag und Nacht auf einem Hocker an ihrem Bett, hielt ihre Hand und weinte, als käme jetzt all die Flüssigkeit heraus, die seinen Augen immer gefehlt hatte. Ich stand hinter Jakob, um ihn aufzufangen, weil er vor Erschöpfung immer wieder einnickte. Wenn er eingenickt war, hielt ich mit einem Arm seinen Oberkörper fest, mit der anderen Hand seinen Kopf, so hielt ich ihn auch fest, als er bei der Beerdigung laut weinend auf die Sargträger losging.

Als sich im verregneten Frühling eine Pfütze auf dem Rücken des Flamingos bildete, in der ab und zu eine Amsel badete, flog Jakob für drei Monate nach Amerika. Wir schrieben uns täglich. Ich zählte die Tage. Wenn ich auf dem Wochenmarkt war, dachte ich: »Noch sechs Mal Wochenmarkt, dann kommt Jakob zurück.« Wenn ich im Supermarkt war und Verfallsdaten kontrollierte, dachte ich: »Wenn dieser Käse abläuft, ist Jakob wieder da«, und irgendwann war es nur noch zweimal Wochenmarkt, irgendwann reichte das Ablaufdatum von Butter, dann das von Joghurt, dann das von frischer Milch, und als die Sonne dafür sorgte, dass der Flamingo ausbleichte und stellenweise nicht mehr pinkfarben war, sondern ins Altrosa spielte, kam Jakob zurück. Er brachte Geschenke und Geschichten mit, Jakob hatte viel erlebt, er hatte ganz und gar unvorbereitet Vorträge über Zahnprothesen gehalten, er war auch in amerikanischen Nationalparks mehrfach in Gefahr geraten, und ich erschrak, weil mir erst jetzt auffiel, wie wenig ich erlebt hatte, ich hatte, weil ich hauptsächlich mit dem Warten auf Jakobs Rückkehr beschäftigt gewesen war, nur das Nötigste erlebt.

Als im nächsten Winter eine dünne Schneedecke auf dem gespreizten Flamingoflügel lag, gab es eine Rattenplage. Die Ratten kamen von der Straße in den Keller, nachts hörte man sie quieken. Ich machte die Wohnungstür immer nur so weit auf, dass ich mich hinaus- oder hineinquetschen konnte, und ich schloss sie immer schnell. »Die kommen nicht bis in die Wohnung«, sagte Jakob, »keine Ratte schafft vier Treppen.«

»Weißt du das sicher?«, fragte ich.

»Nein, aber es ist abwegig.«

»Das ist kein Argument«, sagte ich.

Als ich eines Abends den Backofen öffnete, um eine Pizza hineinzuschieben, saß im Backofen eine Ratte und sah mich an. Wir befanden uns auf Augenhöhe. Ich schloss die Backofentür, nahm meine Tasche und ging aus der Wohnung. »Ich gehe da nicht mehr rein«, sagte ich zu Jakob. »Ich weiß«, sagte er.

Ich ging nie wieder in die Wohnung. Jakob packte mit Freunden ein Wochenende lang meine Kisten, abends massierte ich seine Schultern. Eines Abends dachte ich, während ich Jakobs Schultern massierte, dass dies im Grunde ein guter Moment wäre, um vielleicht doch zusammenzuziehen. Jakob nahm meine Hand von seiner Schulter und küsste sie. »Ich ziehe nicht zusammen, Liebste«, sagte er, »falls du gerade darüber nachdenkst«, und ich sagte: »Jakob, du bist vollkommen verknotet und verspannt.«

Als wir die Kisten in den Lieferwagen packten, um sie in meine neue Wohnung zu bringen, sagte Jakob: »Der Flamingo. Das ist eine günstige Gelegenheit.« Wir waren müde und fanden, wir hätten das Geschenk jetzt lange genug behalten, und da auch Jakob jetzt fand, dass man, wenn man sich liebt, überflüssige Wahrheiten für sich behalten sollte, vor allem dann, wenn es für die überflüssige Wahrheit Jahre zu spät ist, beschlossen wir, Jakobs Tante zu sagen, der Flamingo sei beim Umzug kaputtgegangen, so gründlich, dass man ihn nicht mehr kleben könne. Wir ließen den Flamingo im Garten stehen, wir drehten uns nicht einmal nach ihm um.

Zwei Tage später rief mein ehemaliger Hausverwalter an. Jakob und ich lagen im Bett, in meiner neuen Wohnung zwischen unausgepackten Kisten, es war unangenehm, nackt mit einem Hausverwalter zu telefonieren.

»Da steht noch Ihr Vogel im Garten«, sagte der Hausverwalter.

»Der Vogel, ja«, sagte ich, »den holen wir noch ab.«

»Da würde ich dringend drum bitten«, sagte der Hausverwalter.

Jakob schlang von hinten die Arme um mich. »Werfen Sie ihn weg«, sagte er in das Telefon an meinem Ohr.

»Dazu bin ich nicht befugt«, sagte der Hausverwalter, »außerdem muss der auf den Sperrmüll.«

»Zerhacken Sie ihn«, sagte Jakob, »dann passt er in den Hausmüll.«

»Dazu bin ich nicht befugt«, sagte der Hausverwalter, »zerhacken Sie ihn doch selber.«

»Wir sind dazu auch nicht befugt«, sagte Jakob.

Ein paar Tage später kam Jakobs Tante spontan bei mir vorbei und fand, der Flamingo mache sich auch in dem neuen Garten ironisch.

Als ich im nächsten Sommer eine Kletterpflanze um den Flamingo schlang, weil Jakob etwas über die zersetzende Wirkung von Kletterpflanzen gelesen hatte, sagte Jakob: »Es ist übrigens Hochzeitstag. Lass uns wegfahren.« Wir hatten zur Hochzeit diverse Gutscheine bekommen, für Kanu- und Ballonfahrten und Wellnesswochenenden, sie hatten uneingelöst in einer Kiste gelegen. Eines der Wellnesswochenenden war noch nicht verfallen. Wir fuhren in ein Hotel, in dem es keine Ecken gab und ein Schwimmbad mit Walgesängen. Jakob sang mit. Abends zog er mich aufs Hotelbett, steckte mir die Begrüßungsschokolade in den Mund und zog mich aus. »Eigentlich könnten wir jetzt auch ein Kind bekommen«, sagte er.

»Ich fürchte, dass man für ein Kind zusammenziehen muss«, sagte ich. »Das spricht natürlich dagegen«, sagte Jakob und lächelte. Sein nackter Rücken spiegelte sich in der schwarzen Mattscheibe eines Fernsehers, abgesehen von dem Schokoladentäfelchen war der Fernseher das einzig Eckige im Zimmer.

»Ich habe es mir überlegt: Ich könnte zu dir ziehen. Du hast den Garten, dann kann ich ab und zu in einem Zelt wohnen.«

Jakob zog zu mir und ab und zu in ein Zelt. Viele seiner Patienten wohnten in meiner Nähe und hoben die Augenbrauen, wenn er vormittags aus einem Zelt neben einem lebensgroßen Flamingo kroch. »Ich glaube, die Patienten finden dich seltsam«, sagte ich, und Jakob sagte: »Ich glaube, den Flamingo finden sie seltsamer.«

Als sich die vertrocknete Kletterpflanze im Herbst weitestgehend vom Flamingo gelöst hatte, nur noch um seinen Hals hing und den Flamingo aussehen ließ, als plane er, sich aufzuknüpfen, kam Jakob eines Morgens nicht aus seinem Zelt. Ich klopfte an die Plane. Jakob reagierte nicht. Ich zog den Reißverschluss auf und kroch hinein. Jakob saß auf der Luftmatratze, hielt sein Handy in der Hand, er war bleich und sah mich an, als könne man durch mich hindurchsehen.

Ich erschrak und kniete mich vor Jakob hin. »Was ist denn?«, fragte ich.

Jakob steckte sein Handy in die Hosentasche. Seine Stimme klang heiser. »Ich möchte, wenn es möglich ist, mit dir zusammenbleiben«, sagte er.

»Aber das ist möglich, Jakob«, sagte ich, »warum sollte das denn nicht möglich sein?«

Jakob nahm mich in die Arme und hielt mich fest, das Handy in seiner Hosentasche meldete eine neue Nachricht, Jakob hielt mich so fest, dass mir schwindlig wurde, und Wochen später, als niemand mehr damit rechnete und Jakob vollkommen verschwunden war, ging der Flamingo tatsächlich kaputt, er ging nicht allmählich kaputt, wie ich mir das vorgestellt hatte, sondern ganz plötzlich, Blank war dabei, er hat es vom Balkon aus gesehen, plötzlich brach der Hals durch, plötzlich brachen der Schnabel und ein Flügel ab, einfach so und ohne Fremdeinwirkung. »Der Zierflamingo im Garten ist kaputt«, rief Blank mir zu, »war das eigentlich Ihrer?«

Ich lief auf den Balkon, schaute hinunter in den Garten und fing an zu lachen. Ich lachte so lange, wie ich noch nie gelacht hatte, und so laut, dass Blank erschrak. Ich wischte mir die Tränen von den Wangen. »Endlich«, sagte ich.

Jakobs Verschwinden begann langsam und damit, dass ich ihn nicht mehr richtig sehen konnte. Jakob verschwamm. »Ich kann nicht mehr richtig sehen, Jakob«, sagte ich.

»Du bist nur übermüdet«, sagte er.

Ich hörte aber nicht auf, nicht mehr richtig zu sehen, und fing an, vieles falsch einzuschätzen. Ich schätzte den Abstand zu Jakob falsch ein und auch den zu Türen und Möbeln. Ich schätzte die Breite von Treppenstufen und die Höhe von Schwellen falsch ein und stolperte immer über irgendwas oder rempelte irgendwen an.

»Entschuldigung«, sagte ich immerzu, irgendwann auch zu Türen, Möbeln und Schwellen, und als ich mir beim Stolpern einen Zahn ausschlug, sagte Jakob: »Vielleicht solltest du dich doch mal untersuchen lassen.«

Sonst sagte er nicht mehr viel. Er schwieg meistens, er schwieg seit Wochen meistens, weil mit aller Kraft etwas Bestimmtes nicht gesagt werden sollte. Ich schwieg mit. Wir schwiegen um das Verschwiegene herum und waren angeschlagen davon, wie man von einer unbehandelten Zahnwurzelentzündung angeschlagen ist, das ganze Immunsystem ist dann mit dieser einen Entzündung beschäftigt und hat weder Zeit noch Kraft für den Rest des Körpers übrig.

Ich wusste nicht, was Jakob verschwieg, und zunächst stellte ich noch Fragen. Ich fragte ihn, ob er sehr unglücklich sei, ob er eine Stimmbandentzündung habe, ob es eine andere gebe, und Jakob, weil er schweigen musste, nickte zum ersten und schüttelte den Kopf zum zweiten und zum dritten.

Wenn Jakob abends wegging, sagte er nicht mehr: »Bis später«, er sagte jetzt: »Bis dann.« Dieses Dann war immer morgens und ich hatte nicht geschlafen, weil ich versucht hatte, auf das Verschwiegene zu kommen. Ich dachte in naheliegende und abwegige Richtungen, aber weil ich den Abstand zu Jakob falsch einschätzte, kam ich nicht darauf, obwohl es Hinweise gab auf das, was nicht ausgesprochen werden durfte, denn immerhin ging Jakob als Erstes duschen, wenn er nach Hause kam, und immerhin kamen Briefe an Jakob in bunten Umschlägen und ohne Absender. Trotzdem rechnete ich immer wieder nicht damit, vielleicht, weil es mir allzu abwegig oder allzu naheliegend erschien oder einfach, weil es nicht auszudenken war.

Manchmal ging ich in Evelyns Wohnung auf und ab, rempelte gegen Tische und Stühle und auch gegen Evelyn und überlegte laut hin und her, was mit Jakob passiert war und wie Jakob und ich und also die Liebe noch zu retten wären. Evelyn sagte: »Der hat eine andere. Alles spricht dafür.«

Ich zählte Evelyn auf, was alles dagegensprach, und Evelyn schwieg und schaute mich an, als sei ich ein Erfinder, der fest an seine angeblich bahnbrechende Erfindung glaubt, obwohl alle bereits wissen, dass sie nichts taugt.

Jakob behandelte meinen beim Stolpern abgebrochenen Zahn, er sagte nicht, dass ich besonders tapfer oder ein indischer Yogi sei und er erklärte nicht, was wie lange schmerzhaft sein würde. Ich versuchte mit aller Kraft, nicht an die Decke zu sehen, weil dort das Schild hing, auf dem stand, dass es gleich vorbei sei.

Als ich auf dem Behandlungsstuhl des Augenarztes saß, sagte der Augenarzt, dass ich operiert werden müsse. Nach der Operation saß Jakob neben meinem Krankenhausbett. Ich sah jetzt nicht mehr nur nicht gut, sondern überhaupt nichts, denn auf meinen Augen klebte kühles, weiches Verbandszeug, das sich anfühlte wie eine Brille aus Schnee.

Jemand kam herein und sagte, er sei der Arzt und alles werde wunderbar verheilen, er sagte, dass ich in den nächsten Tagen nach Hause könne und es aber noch zwei, drei Wochen dauern werde, bis ich wieder tadellos sehen würde. Der Arzt klopfte mir auf den Oberarm und ging.

Jakob und ich schwiegen, und zusätzlich hatten wir das ganze Schweigen der letzten Wochen mit ins Krankenhauszimmer gebracht, es passte nur hinein, weil wir uns sehr klein machten. Irgendwann hörte ich, wie Jakob aufstand. »Ich kann nicht mehr«, sagte er.

Weil ich wusste, dass jetzt das wochenlang aufwendig Verschwiegene, das wochenlang aufwendig nicht Bedachte gesagt werden und dass jetzt nichts mehr dauern würde, nicht mal zwei, drei Wochen mehr, nicht mal ein paar Minuten, war in meinem Kopf plötzlich ein Geräusch wie das eines versehentlich angewählten Faxgerätes, nur viel leiser. Jakob sagte, ja, da sei eine andere, Alina heiße sie und er wisse nicht, was und wie viel sie ihm bedeute.

»Ich kann dich nicht sehen, Jakob«, sagte ich.

Vielleicht sei es gar nichts von Bedeutung und Alina nur ein Symptom, ein Symptom dafür, dass bei uns etwas nicht mehr stimme, sagte Jakob, vielleicht sei sie aber auch mehr als das.

»Jakob, hör auf, ich kann dich nicht sehen«, sagte ich.

Dass er es mir einfach nicht habe sagen können, sagte Jakob, und dass er es jetzt aber nicht mehr aushalte, und ich versuchte, mir den Verband abzuziehen, aber er saß zu fest.

Jakob sagte, er werde erst mal in ein Hotel ziehen, dann sagte er, dass er jetzt wohl besser gehe, und dann ging er nicht.

»Jakob?«, fragte ich, weil ich ihn nicht weggehen hörte. Er sagte nichts mehr. Alles war still, aber ich merkte, dass er noch im Zimmer war. »Jakob?«, fragte ich noch mal. Er antwortete nicht. Mir wurde übel.

»Ist da jemand?«

Jakob antwortete nicht, und dann hörte ich, wie er ging.

Zwei Tage später holte Evelyn mich aus dem Krankenhaus ab und fuhr mich nach Hause.

Immer, wenn Evelyn an einer besonders vertrackten Übersetzung gesessen hatte, hatte ich sie damit getröstet, dass sie, noch bevor ein gerade gekaufter Joghurt abliefe, die Übersetzung vergessen haben würde. In ihrem Auto lag eine Schachtel Aspirin. Evelyn hielt sie mir nahe vor die Augen und sagte: »Wenn die abläuft, ist der Schmerz vorbei.«

Das Verfallsdatum des Aspirins war in einem Jahr. Ich guckte Evelyn an wie einen verblendeten Erfinder. Die Liebe war erheblich, der Schmerz war genauso erheblich und würde nicht genug Platz haben in einem einzigen beengten Jahr.

Ich schloss die Wohnungstür auf, das war nicht leicht, ich stocherte im Schloss herum, als sei ich betrunken. Jakob war nicht da, ich sah in allen Zimmern nach, ich stolperte gegen Stühle und Türrahmen.

Ich setzte mich auf das Bett, das bis vor kurzem Jakobs und mein Bett gewesen war, und die Stille war so laut, dass ich mir die Ohren zuhielt. Plötzlich fiel mir ein, dass Alina womöglich in meiner Abwesenheit in dem Bett gewesen war, in dem ich jetzt saß, ich rannte aus dem Schlafzimmer, als sei darin eine Rattenplage, stolperte gegen den Schrank, ich war froh, dass ich gegen den Schrank stolperte, weil das Stolpern die Stille unterbrach, und setzte mich auf das Sofa und fragte mich, ob Jakob überhaupt in einem Hotel war, und wenn, ob er alleine im Hotel war oder ob er ein Doppelzimmer gebucht hatte und Alina genau jetzt bei Jakob war, ob das Symptom, das zeigte, dass etwas bei uns nicht mehr stimmte, genau jetzt mit Jakob in einem Doppelzimmer war und ihm klarmachte, dass es nicht das Symptom sei, sondern die einzig wirksame Medizin.

Ich dachte an den Hochzeitspastor, der gesagt hatte, die Liebe solle wie ein Siegel auf das Herz gesetzt werden, und fragte mich, ob das vielleicht das Problem gewesen sei, ob man Liebe besser nicht versiegeln und lieber überhaupt nicht festmachen solle oder wenn, dann höchstens mit Spucke, ob Liebe dann besser halte, ich dachte daran, dass der Hochzeitspastor gesagt hatte, dass auch Wasser und Ströme die Liebe nicht auslöschen und ertränken könnten, weil sie immerhin eine Flamme des Herrn sei, ich fragte mich, ob Alina ein besonders gewaltiger Strom sei, ein Strom, wie selbst der Herr ihn noch nicht erlebt hatte, vielleicht hatte der Herr einen derart gewaltigen Strom für abwegig gehalten und deshalb unvorsichtigerweise nicht damit gerechnet, ich fragte mich, ob Alina ein Symptom dafür sei, dass wir uns vertan hatten und die Flamme des Herrn auslöschlicher war als erwartet, so auslöschlich wie ein herkömmliches unverlässliches Lagerfeuer, eine Kerzenflamme, ein Teelicht.

Evelyn hatte mir auf dem Rückweg vom Krankenhaus nahegelegt, eine Wut auf Jakob zu entwickeln, weil das angemessen und reinigend sei und wenigstens gesünder als Grübeln, Grübeln sei Gift, besonders wenn man untröstlich sei. Ich wurde nicht wütend, ich dachte stattdessen die ganze Nacht lang an alles, was ich hätte besser machen können, an alles, was ich jetzt noch retten könnte, an Alina, von der ich nichts wusste, an Jakob, von dem ich plötzlich auch nichts mehr wusste, plötzlich, schien es mir, wusste ich auch von Jakob nicht das Geringste mehr, obwohl alles voller Jakob war, die ganze Wohnung war voller Jakob, und bis zum nächsten Morgen hatte ich eine ganze Giftmülldeponie in mich hineingegrübelt.

Jeden Tag überlegte ich mir Sätze, die ich Jakob unbedingt noch sagen wollte, Sätze, die womöglich alles doch noch retten könnten. Ich rief Evelyn an. »Ich muss ihn unbedingt anrufen«, sagte ich. »Ruf ihn an, sooft du willst«, sagte sie, »aber frühestens in zwei Jahren.«

Jeden Tag versuchte ich, mich müde zu arbeiten, und weil ich alles nur verschwommen sah und mich nicht gut konzentrieren konnte, arbeitete ich nicht gut. Ich hoffte, Bengt würde meine Übersetzungen mutig und kreativ finden, so, wie er Jakobs Übersetzungen mutig und kreativ gefunden hatte, aber Bengt fand sie miserabel, und deshalb sagte er: »Mach doch mal Urlaub.«

»Ich kann auf gar keinen Fall Urlaub machen«, wollte ich Bengt sagen, und dass ich auf die Arbeit bei ihm nicht verzichten könne, dass ich Geld brauchte und etwas zu tun, dass ich dringend Zeit schinden müsse, mehr Zeit als bis zum Verfall von Aspirin, und dass er mir etwas anderes zu tun geben solle, dass ich irgendeinen Telefondienst machen oder die Agentur putzen, die zahllosen Bilder von Nahestehenden entstauben könne.

»Urlaub ist eine gute Idee«, sagte ich.

Manchmal kam Evelyn abends vorbei. Wir spielten aus Ablenkungsgründen Stadt-Land-Fluss und führten, als wir alles von A bis Z außer X wussten, neue Kategorien ein. Evelyn, die immer noch auf eine Wut hoffte, war für die Einführung der Kategorie *Mordwerkzeuge*. »Niemals«, sagte ich.

Evelyn brachte mir ein Buch mit, das ihr Psychiater geschrieben hatte, darin stand, dass man sich vor den Spiegel stellen und positive Sätze aufsagen sollte, die der Psychiater sich ausgedacht hatte. In der Nacht stellte ich mich mit dem Buch vor den Spiegel. Es waren Hauptsätze, in denen man sich für etwas Positives entschied, für Freude, für Fülle und für Liebe. Ich trug mir die Sätze mit zu wenig Verve vor, alle bis auf den, in dem man sich für Liebe entschied, denn ich war sehr entschieden für Liebe, allerdings für die, die jetzt nicht mehr bereitstand. Ich betrachtete mein Gesicht im Spiegel. Ich sah nicht aus wie jemand voller Fülle, ich sah aus wie jemand in einem steckengebliebenen Aufzug.

Ich betrachtete die Wasserflecken neben dem Spiegel und beschloss, das Badezimmer zu streichen. Es ist keine gute Idee, ein Badezimmer zu streichen, wenn man nur verschwommen sieht, aber es ist manchmal eine gute Idee, etwas zu unternehmen, das ausschließlich mit Überkleben und Streichen zu tun hat. Ich überklebte und strich die ganze Nacht lang und versuchte währenddessen, auf ein Land mit X zu kommen.

Morgens um halb drei ging ich zum Kiosk. Ich trug eine Sonnenbrille, wegen der Blutergüsse von der Operation trug ich immer eine Sonnenbrille, wenn ich aus dem Haus ging.

Als ich zurück in den Hausflur trat, saß ein Mann auf dem Treppenabsatz. Ich sah ihn nur schemenhaft, das Licht im Flur hatte einen Wackelkontakt und flackerte leicht, und durch die Sonnenbrille war alles noch dunkler als ohnehin schon. Als er mich sah, stand er auf.

»Guten Abend«, sagte er, »nicht erschrecken.«

Ich ging die Treppe hoch. Der Mann war ein älterer Herr in einem schwarzen Anzug.

»Kann ich Ihnen helfen?«, fragte ich.

»Nein, danke«, sagte er.

»Was machen Sie denn hier?«

»Ich ruhe mich nur kurz aus.«

Wenn ältere Herren sich mal kurz auf Treppenabsätzen ausruhen müssen, ist womöglich mit einem Herzinfarkt zu rechnen oder mit anderen verheerenden Dingen, die mit einem gebrechlichen Herzen zu tun haben, aber er sah nicht aus, als habe er ein Problem mit seinem Herzen, er wirkte nicht kurzatmig, auch nicht gebrechlich, nur müde, müde allerdings sehr.

»Sind Sie sicher, dass Sie keine Hilfe brauchen?«, fragte ich sicherheitshalber.

Er lächelte. »Es ist alles in Ordnung.« Er guckte auf die flackernde nackte Glühbirne und versuchte dann, meine Augen hinter der Sonnenbrille zu erkennen. »Blendet Sie irgendwas?«

»Nein«, sagte ich und hielt mich am Geländer fest, weil ich plötzlich merkte, wie müde ich selber war.

»Wissen Sie zufällig ein Land mit X?«, fragte ich.

»Nein«, sagte er, entschieden und so, als hätte er bereits lange darüber nachgedacht. »Es gibt keins. Es tut mir leid.«

»Also dann«, sagte ich, »auf Wiedersehen«, und ging an ihm vorbei die Treppe hoch.

»Entschuldigen Sie«, rief er, als ich in der Mitte der Treppe war.

Ich drehte mich um. Er stand auf dem Treppenabsatz, groß und dünn, die Hände unter dem Bauch gefaltet. »Es tut mir leid«, sagte er, »es tut mir wirklich sehr leid.«

Ich schob die Sonnenbrille enger an meine Augen. »Danke«, sagte ich und hatte, weil das ungeheuerlicherweise ganz normal ist, wieder keine Ahnung, dass ganz genau jetzt etwas seinen Anfang nahm.

Ich strich das Badezimmer fertig und schlief mit der Farbrolle auf dem Bauch im Badezimmer ein. Ich schlief zum ersten Mal mehr als vier Stunden und wachte am Vormittag auf, weil es klingelte. Evelyn stand vor der Tür, in der Hand eine angebrochene Tüte Marzipankartoffeln. »Guten Morgen«, sagte ich und dass es kein Land mit X gebe, weit und breit gebe es das nicht auf der ganzen Welt.

»Bestimmt gibt's eins«, sagte Evelyn kauend, »aber vermutlich ist es extrem klein. Und extrem abgelegen.«

Sie deutete auf mein weiß besprenkeltes Gesicht. »Du hast Farbe bekommen«, sagte sie.

Und dann klingelte mein Telefon. Ich war mir sicher, dass es Jakob war. Ich hatte alles dafür getan, dass ich es, wenn es so weit wäre, wenn Jakob endlich anriefe, nicht überhören würde, ich hatte die maximale Lautstärke gewählt, den Vibrationsalarm und alle Lichtsignale aktiviert, und jetzt endlich, als ich das Badezimmer gestrichen hatte und auch die Kategorie *Land* beim Buchstaben X, rief endlich Jakob an. Ich zog das Telefon aus der Hosentasche. *Jakob Mobil ruft an,* stand da. »Jakob ruft an«, sagte ich zu Evelyn, ich wedelte mit dem Telefon vor ihrem Gesicht herum, das Telefon klingelte und vibrierte und leuchtete und war vollkommen aus dem Häuschen, »Ich entscheide mich für die Liebe«, sagte ich zu Evelyn, »und für die Freude und die Fülle entscheide ich mich auch«, Evelyn sagte: »Jetzt bloß nicht rangehen«, und ich sagte: »Du hast sie ja wohl nicht alle.«

Ich drückte auf den grünen Knopf und strahlte Evelyn an. »Hallo?«, sagte ich, möglichst unaufgeregt und aufgeräumt und so, als wüsste ich nicht, wer anruft.

»Hier ist Alina Eckert«, sagte Alina.

Ich drückte auf den roten Knopf und warf das Telefon auf den Boden im Flur. Es fing sofort wieder an zu klingeln, zu blinken und zu vibrieren, und weil vibrierende Telefone sich von allein bewegen können, bewegte sich das Telefon langsam auf mich zu.

»Das ist Alina«, sagte ich zu Evelyn.

Evelyn griff nach dem Telefon und nahm ab. »Tag, hier ist Evelyn«, sagte sie etwas unverständlich, weil sie zwei Marzipankartoffeln im Mund hatte, »und du musst das Symptom sein.«

Dann redete Alina und Evelyn hörte zu. Dann hörte Evelyn auf zu kauen und spuckte die Marzipankartoffel in ihre freie Hand. Dann legte sie wortlos auf. Dann sagte sie: »Du musst sofort ins Krankenhaus.«

Der Unfallfahrer saß auf einer Bank vor der Intensivstation. Als er mich sah, stand er auf und nahm seine Mütze ab, eine Schiebermütze. Wir standen voreinander, der Unfallfahrer war einen Kopf kleiner als ich. Sein Gesicht war vollkommen ausdruckslos, wächsern, sein Mund halb offen, wie im Schlaf. Er sagte kein Wort und strich mir immer wieder mechanisch mit beiden Händen über die Schultern, als wollte er etwas glattstreichen, das gefältelt genäht war.

Ich guckte über den Kopf des Unfallfahrers ins Gesicht der Ärztin, die fragte, ob ich die Ehefrau sei. Sie sagte, dass es heute Morgen passiert und ernst sei, und legte eine Hand auf meine Schulter. Weil auf meiner Schulter aber auch die Hand des Unfallfahrers herumstrich, legte sie ihre Hand auf seine und sagte etwas von Schuld, die den Unfallfahrer nicht treffe, und von schweren inneren Verletzungen. Ich sagte: »Jakob ist morgens immer etwas schlaftrunken.«

Die Ärztin sah kurz an mir vorbei, weil hinter uns jemand den Gang entlangkam. Ich drehte mich um. Es war eine Frau, sie trug Jakobs Reisetasche, sie setzte sich ganz außen auf die Bank. In ihren Händen zitterte ein Kaffeebecher, sie blickte kurz zu mir hoch, sie weinte und fuhr sich mit dem Handrücken über die Nase und war unglaublich schön.

Evelyn nahm die Hände des Unfallfahrers von meinen Schultern. Er ließ die Arme sinken, als habe man ihn abgestellt.

Die Ärztin legte ihren Arm um meine Hüfte und schob mich den Gang entlang. Ich drehte mich um. »Sie sind unglaublich schön«, sagte ich über die Schulter zu Alina und wunderte mich, dass ich sie siezte, und die Ärztin führte mich in Jakobs Zimmer.

Jakobs Gesicht war violett und geschwollen. Sein Körper mit den inneren Verletzungen war zugedeckt, sein Hinterkopf verbunden, seine linke Gesichtshälfte auch. In seiner Hand steckte ein Schlauch, um ihn herum standen Apparate, die regelmäßige Lichtsignale aussandten. Die Ärztin drückte meine Hand und ging aus dem Zimmer.

Ich setzte mich auf den Bettrand und strich über Jakobs verpflasterten Handrücken. Ich beugte mich vor und hielt meinen Mund an sein Ohr, Jakob roch nicht nach Jakob, er roch nach vollgesogenem Mull, hinter seiner Ohrmuschel klebte getrocknetes Blut. Eine Haarsträhne hatte sich darin verfangen.

»Jakob«, flüsterte ich, so leise, wie ich nur konnte, »Jakob.« Jakob drehte den Kopf zu mir. Das Weiße in seinem unverbundenen Auge war rot. Er versuchte, das Auge offen zu halten, das war schwer. »Du bist es«, flüsterte er. Er flüsterte es weder überrascht noch enttäuscht noch erleichtert, er flüsterte es wie ein Kind, das einen gerade aufgeschnappten Satz nachspricht, ohne ihn zu verstehen.

Es klopfte, die Ärztin steckte den Kopf herein und fragte, ob alles in Ordnung sei.

»Er ist ja wach«, sagte ich und lachte. »Er ist wach. Es ist alles in Ordnung.« Die Ärztin kam ins Zimmer, sah Jakob an und dann die Geräte. Sie legte kurz eine Hand auf meine Schulter und ging wieder aus dem Zimmer.

Ich strich mit dem Zeigefinger über Jakobs Schlüsselbein, hin und her, hin und her. »Du bist es«, flüsterte ich.

Jakob fiel das Sprechen schwer, er brauchte lange, um etwas zu sagen. Schließlich war der Satz fertig.

»Mir ist was Komisches passiert«, sagte er.

Jakob versuchte immer wieder, sein rotes Auge offen zu halten, aber das gelang nicht mehr, immer wieder fiel das Lid nach unten, wie der Flügel eines winzigen und sehr müden Vogels, und dann blinkten alle Lichtsignale schneller, dann kamen aus allen Geräten Geräusche, die viel lauter waren als jedes Faxgerät und viel entschlossener.

»Bis später«, sagte Jakob, und dann starb er.

Die Ärztin, Evelyn und ich gingen den Krankenhausflur entlang. Das Licht war gleißend hell, ich schob die Sonnenbrille enger an meine Augen. Evelyn und ich gingen an Alina und dem Unfallfahrer vorbei, die immer noch auf der Bank im Flur saßen. Die Ärztin blieb stehen. Evelyn und ich gingen weiter bis zur Flurtür, dort standen wir und warteten auf die Ärztin, ich sah Evelyn und mich, wir spiegelten uns im Türglas, weiter hinten spiegelten sich die Ärztin, der Unfallfahrer und Alina, die, als die Ärztin zu Ende gesprochen hatte, den Kaffeebecher auf den Boden stellte, sich sehr gerade hinsetzte und sich dann nicht mehr bewegte. Der Unfallfahrer schlug die Hände vors Gesicht, ich hörte ihn aufheulen, zuckte zusammen und drehte mich um, das Aufheulen des Unfallfahrers klang wie ein Eselsschrei. Die Ärztin tätschelte seine Schulter, kam dann zu uns gelaufen und brachte uns zum Hauptausgang.

Der ältere Herr im schwarzen Anzug, der nachts im Treppenhaus gesessen hatte, stand etwas abseits der Kliniktür. Er stand vor einem hüfthohen trichterförmigen Aschenbecher für die Patienten, die trotzdem rauchten.

Ich blieb stehen. »Was machen Sie denn hier?«, fragte ich.

Sein Gesicht war verzerrt. Er versuchte, hinter meiner Sonnenbrille meine Augen auszumachen, er streckte eine Hand aus, als wollte er mir über die Wange streichen, zog sie wieder zurück und fuhr sich stattdessen durch die Haare.

Die Ärztin sah mich lange an und griff in ihre Kitteltasche. Sie zog ein Fläschchen heraus, das auf den ersten Blick aussah wie *Tears again*, und reichte es mir. »Nehmen Sie das ruhig mal«, sagte sie, »es ist rein homöopathisch.«

Ich verabschiedete mich von der Ärztin, ich verabschiedete mich von dem Herrn im Anzug, und als wir im Auto saßen, öffnete Evelyn ihr Portemonnaie und zog ein Briefchen hervor, in dem zwei Tabletten aus dem verschlossenen Medikamentenschrank des verliebten Psychiaters lagen.

»Du brauchst nichts Homöopathisches, du brauchst was Verlässliches«, sagte sie. »Das hier macht dich in kürzester Zeit leicht und müde.«

Ich wollte nach Hause. Evelyn fuhr mich nach Hause. »Soll ich mit hochkommen?«, fragte sie.

Ich schüttelte den Kopf. Evelyn sah mich prüfend an. »Das ist nicht nötig«, sagte ich, »wirklich nicht«, und wünschte, Evelyn würde aufhören, mich prüfend anzusehen. Ich war immer gut in Beteuerungen gewesen, aber jetzt war jede Beteuerung anstrengend. »Sicher? Soll ich nicht doch dableiben?«

»Ja. Ganz bestimmt. Ich meine, ganz bestimmt nicht.«

Ich stieg aus und ging zur Haustür. Evelyn kurbelte die Scheibe herunter. »Ruf jederzeit an«, sagte sie, und: »Nicht hinterhersterben.«

Ich legte Evelyns Tabletten in eine Tasse und setzte mich an den Küchentisch.

In dem Buch von Evelyns Psychiater hatte gestanden, dass man, wenn man glaubt, gleich verrückt zu werden, die Haare von jemandem zählen solle. Weil es jetzt nur noch meinen Kopf gab, stellte ich mich vor den Badezimmerspiegel und fing an, meine Haare zu zählen, aber der Versuch, die eigenen Haare zu zählen, führt schnurstracks hinein in die Verrücktheit und zu Verspannungen, deshalb hörte ich damit auf und setzte mich wieder an den Küchentisch. Ich dachte an all die Zeit, die jetzt zu schinden war, ich überlegte Verfallsdaten, die vergleichbar wären, aber keins war vergleichbar, nicht mal das einer irgendwo genau in diesem Moment verschweißten Konservendose, nicht mal das eines irgendwo genau in diesem Moment ausgestellten Reisepasses. Schließlich fiel mir Zucker ein, das Ablaufdatum einer irgendwo genau in diesem Moment befüllten Tüte Zucker. Zucker passt, dachte ich, und weil es passte, war es nicht auszudenken. Ich stand auf, ich durfte auf keinen Fall sitzen bleiben, und in dem Moment klingelte das Telefon. Ich lief hin, als wüsste ich nicht, wer es nicht und nie mehr sein konnte.

»Ich wollte nur mal hören«, sagte Evelyn.

»Danke.«

»Und dann wollte ich dich auch noch was fragen. Es ist ... es geht um etwas sehr Unpassendes. Deshalb habe ich mich auch vorhin nicht getraut.«

»Sag ruhig«, sagte ich, »so schlimm kann es ja nicht sein.«

»Da hast du allerdings recht«, sagte Evelyn und atmete hörbar aus. »Es ist so: Der Psychiater hat mir zum Geburtstag etwas geschenkt, was man nicht gut zurückgeben kann.«

»Dein Geburtstag. Gestern war dein Geburtstag. Entschuldigung. Herzlichen Glückwunsch.«

»Danke«, sagte sie, und dann: »Er hat mir eine Kreuzfahrt geschenkt.«

Ich hatte zwar gewusst, aber nicht geglaubt, dass Menschen noch Kreuzfahrten machten, ich hatte geglaubt, dass das letzte Kreuzfahrtschiff vor hundert Jahren untergegangen war.

»Das ist ein schönes Geschenk«, sagte ich. »Wann geht es denn los?«

»Übermorgen«, sagte Evelyn.

»Oh.«

»Aber ich habe ihm schon gesagt, dass ich eventuell nicht mitkann.«

Ich stellte mich ans Fenster, draußen wurde es dunkel, ich spiegelte mich in der Scheibe. »Fahr ruhig«, sagte ich. »Bleib hier«, wollte ich eigentlich sagen, aber Evelyn zu sagen, dass sie nicht in Urlaub fahren dürfe, war ebenso unmöglich wie Bengt zu sagen, dass ich nicht in Urlaub fahren dürfe.

»Sicher?«

»Ganz sicher«, sagte ich, »ganz, ganz sicher.« Ich sagte das gern, es war keine anstrengende Beteuerung, es war gut, es war das Beste, was ich jetzt tun konnte, am Fenster zu stehen, mich in der Scheibe zu spiegeln und jemandem zu versichern, dass etwas ganz, ganz sicher sei.

»Du kannst ja mal telegraphieren«, sagte ich. Evelyn lachte.

»Na dann. Versuch zu schlafen.«

»Gute Nacht«, sagte ich und legte auf. Ich stellte mir vor, wie das Kreuzfahrtschiff ablegte und alle Patienten des Psychiaters am Pier standen, die Patienten, die in letzter Zeit noch unglücklicher und selbstmordgefährdeter waren als ohnehin schon, weil der Psychiater in letzter Zeit nur noch an Evelyn gedacht hatte, weil er ihnen nicht mehr zuhörte und keine Fragen mehr stellte und weil sie selbst keinerlei Evelyn in ihrem Leben hatten, ich sah all die Patienten mit großen Stofftaschentüchern dem Psychiater hinterherwinken, der nun aufs Meer hinausfuhr, mit Evelyn und mit all den Geheimnissen der Patienten, die sie nur deshalb in Sicherheit bei ihm wussten, weil sie ihm vollkommen egal geworden waren.

Blank erschien in der Nacht vor Jakobs Beerdigung in meiner Wohnung, als ich gerade einen Berg Altglas zurückgetragen hatte. Ich dachte, dass Aufräumen helfen könnte, weil es müde macht und geräuschvoll ist, und ich musste dringend müde werden und der Stille beikommen, die sich, seit Evelyn losgefahren war, durch nichts anderes als Aufräumen mehr austricksen ließ. Weil ich noch immer alles nur verschwommen sah, verursachte ich beim Aufräumen viel Unordnung. Abends ging ich in den Keller, um auch dort aufzuräumen, und fing an, ein ausrangiertes Aquarium abzuwischen. Dabei stieß ich an ein Regal, eine von Jakobs Kisten fiel herunter, und plötzlich erklang, mitten in der Kellerstille, eine leise, fröhliche Musik. Ich krallte meine Finger in den Lappen und drehte mich um. Die Musik kam aus der heruntergefallenen Kiste, aus einer Glückwunschkarte, die Jakobs Schwester ihm zu einem Geburtstag geschickt hatte, eine Glückwunschkarte mit Melodiechip. *Hoch soll er leben*, spielte sie. Ich warf den Lappen in das Aquarium, stolperte nach oben in die Wohnung, aber es ging nicht, mit einem Kopf voller *Hoch soll er leben* in einer Wohnung voller Stille zu sein. Ich stapelte einen Berg Altglas in einen Karton und balancierte ihn die Treppe herunter. Ich tastete mich von Stufe zu Stufe, ich machte das gut, kein Altglas fiel herunter. Der Altglascontainer stand auf der gegenüberliegenden Straßenseite. Neben mir an der Ampel stand ein Mann mit Hund. »Brauchen Sie Hilfe?«, fragte der Mann. Ich schüttelte den Kopf. Die Ampel war rot, es war kein Auto zu sehen. Meine Arme zitterten unter dem schweren Altglas. Ich machte einen Schritt auf die Straße. »Platz!«, rief der Mann. Ich sprang zurück auf den Bürgersteig, ich machte das gut, das Altglas fiel nicht herunter. »Ich meinte den Hund«, sagte der Mann.

Der Container war voll, es passte kein Altglas mehr hinein. Ich kam nicht auf die Idee, den Karton danebenzustellen, und balancierte ihn zurück in die Wohnung, setzte ihn im Flur ab und mich daneben. »Aufstehen«, dachte ich möglichst laut, weil es keine gute Idee ist, neben zurück in die Wohnung getragenem Altglas in einer Stille zu sitzen, der durch nichts beizukommen ist. »Aufstehen«, dachte ich, »sofort wieder aufstehen, auf gar keinen Fall hier sitzen bleiben«, aber ich dachte das alles zu leise. Meine Arme zitterten immer noch von dem Altglas, meine Beine und mein Kopf zitterten jetzt mit, und das wäre ein angebrachter Zeitpunkt für Evelyns Notfalltabletten gewesen, aber sie fielen mir nicht ein, weil einem bei inneren Notfällen selten etwas einfällt, das angebracht und obendrein zur Hand ist, und dann hörte ich, wie sich jemand räusperte, eindeutig räusperte sich jemand im Badezimmer.

Ich starrte auf das Schild, das über Jakobs Behandlungsstuhl gehangen hatte und nun kopfüber an der Wand im Flur lehnte, *Gleich ist es vorbei*. Es ist nicht gleich vorbei, dachte ich, sondern jetzt.

Ich stand auf, es ging leichter, als ich dachte, und nahm eine leere Weinflasche aus dem Karton. Ich hielt sie am Hals fest, ich hatte im Fernsehen gesehen, dass man sich mit umgedrehten Flaschen verteidigen kann, und ich war erleichtert, dass ich mich offensichtlich verteidigen wollte, denn der Wunsch, sich zu verteidigen, spricht gegen einen geheimen Plan vom Hinterhersterben. Die Flasche in meiner Hand zitterte. »Ist da jemand?«, fragte ich vom Flur aus.

»Ja«, sagte eine Männerstimme. »Mein Name ist Dr. Friedrich Blank. Ich bin in Ihrem Badezimmer.«

»Sind Sie Zahnarzt?«, fragte ich und ging leise durch den Flur.

»Nein«, sagte die Männerstimme, »ich bin Altphilologe.«

Blank saß auf dem Badewannenrand. Er hatte die Beine übereinandergeschlagen und schaute konzentriert auf seine Hände, die mit nach oben gekehrten Handflächen in seinem Schoß lagen. Seine Haare waren zerzaust, sie sahen aus wie ein verlassenes Vogelnest. Als er mich sah, stand er auf. Er schloss den Knopf seiner Anzugjacke und kam mir zögernd entgegen. »Verzeihen Sie bitte, dass ich hier einfach so hereinplatze«, sagte er und hielt mir die Hand hin.

»Wir haben uns schon ein paar Mal gesehen«, sagte ich.

»Ja«, sagte Blank.

»Im Treppenhaus.«

»Ja.«

»Und vor der Klinik.«

Wir gaben uns die Hand. Ich betrachtete Blanks Gesicht, ein faltiges Gesicht mit hellen blauen Augen hinter ovalen Brillengläsern. Blank betrachtete mein Gesicht, die noch sichtbaren Blutergüsse von der Operation um meine Augen. »Das sieht schmerzhaft aus«, sagte er, »waren Sie in eine Schlägerei verwickelt?«

Erst jetzt merkte ich, dass ich in der hoch erhobenen linken Hand immer noch die Weinflasche hielt, und stellte sie hin.

Blank räusperte sich erneut. »Es tut mir wirklich leid, dass ich Sie erschrocken habe. Ich kann Ihnen alles erklären, bei Gelegenheit.«

»Mein Name ist Katja Wiesberg und mein Mann ist tot«, sagte ich, und dann brach ich in Tränen aus.

»Vielleicht setzen wir uns einen Moment«, sagte Blank, legte einen Arm um meine Schulter, »darf ich?«, fragte er, ich nickte, und Blank führte mich an den Badewannenrand. Wir setzten uns nebeneinander. Blank wischte sich eine Träne aus dem Augenwinkel.

»Sie weinen ja«, schluchzte ich.

Weil ich plötzlich und endlich sehr müde wurde, legte ich meinen Kopf auf seine Schulter. »Darf ich?«, fragte ich. »Selbstverständlich«, sagte Blank. Ich hörte auf zu weinen und guckte lange auf Blanks Revers, seinen weißen Hemdkragen und den dünnen faltigen Hals. Dann hob ich den Kopf. Blank lächelte mich an.

»Erklären Sie es mir jetzt?«, fragte ich. »Gerne«, sagte er. »Das Ganze wird Ihnen etwas abwegig erscheinen. Die Sache ist die: Genau genommen bin ich nicht mehr am Leben. Ich bin, wenn man so will, extrem weit hergeholt.«

Als ich aufwachte, lag ich auf dem Sofa. Ich wachte auf, weil Blank mir über den Oberarm strich, erst sehr vorsichtig, dann etwas energischer. Als ich die Augen öffnete, zog er seine Hand schnell zurück und war verlegen, wie man immer verlegen wird, wenn man jemanden, den man siezt, mit der Hand wecken muss. »Ich hatte mehrfach geklopft«, sagte er.

Ich erinnerte mich an nichts, und dann erinnerte ich mich an alles.

»Es ist jetzt halb zehn«, sagte Blank. »Ich fürchte, in einer Stunde ist es so weit.«

Ich setzte mich auf. Ich hatte von Alina geträumt, davon, dass sie unglaublich schön war und ich ihr gesagt hatte, wie schön sie sei, im Traum hatte Alina: »Das weiß ich« gesagt, und ich hatte mich geschämt.

»Ich weiß nicht, was ich anziehen soll«, sagte ich, lief ins Schlafzimmer, versuchte, nicht auf das Bett zu sehen, und ging zum Kleiderschrank. Als ich ihn öffnete, fiel mir Jakobs Geruch entgegen. Blank setzte sich auf die Bettkante und putzte seine Brille. »Vielleicht sollten Sie erst mal etwas frühstücken?«

»Lieber nicht«, sagte ich.

»Eine Kleinigkeit vielleicht? Wissen Sie, wenn Sie nichts frühstücken, fallen Sie um.«

Ich durchwühlte den Kleiderschrank, fand einen dunklen langen Rock von mir und ein schwarzes Jackett von Jakob, das viel zu groß war.

»Geht das?«

»Natürlich«, sagte Blank.

Ich ging ins Bad und bürstete meine Haare. Blank war im Schlafzimmer geblieben. »Kommen Sie doch bitte mal«, sagte ich, weil ich nicht allein sein wollte, nicht mal im Badezimmer. Blank kam herein und stellte sich hinter mich. Wir sahen uns im Spiegel an, ich in dem viel zu großen schwarzen Jackett, Blank in seinem perfekt sitzenden schwarzen Anzug, dem weißen Hemd und der schwarzen Krawatte.

»Sie sind genau richtig angezogen für so was«, sagte ich.

Blank lächelte. »Notgedrungen«, sagte er.

Ich steckte meine Haare hoch und dachte an die besonders schlimme Hochsteckfrisur, die der Friseur mir zur Hochzeit gemacht hatte. Jakob hatte mich vom Friseur abgeholt, ich hatte ihn unglücklich angesehen, Jakob hatte gelacht und gesagt: »Ich heirate dich auch mit einem Bienenkorb auf dem Kopf.« Dann hatten wir versucht, die vollkommen unbewegliche Frisur etwas zu verstrubbeln, das war nicht einfach gewesen.

Blank stand hinter mir und schwieg, und plötzlich stolperte ich, obwohl ich meine Beine nicht bewegt hatte. Blank legte den Arm um mich, wir gingen in die Küche. Er nahm die Zuckerdose und legte mir drei Stück Würfelzucker in die Hand. »Lassen Sie die zergehen«, sagte er.

Ich warf mir den Zucker in den Mund wie eine Tablette, die Würfel zergingen sehr langsam.

Ich holte eine von Evelyns beiden Tabletten aus der Tasse. Wir betrachteten die Tablette in meiner hohlen Hand, sie war winzig. »Was soll denn da drin sein?«, fragte Blank.

»Ich weiß nicht. Etwas, das in kürzester Zeit leicht macht. Und müde.«

Blank zögerte. Man merkte, dass er etwas sagen wollte, etwas, das dagegensprach, etwas wie: »Vielleicht wird es davon noch schlimmer.«

Blank ließ seinen Satz zergehen und holte ein Glas Wasser. »Wohlsein«, sagte er und lächelte etwas schief, »auf die Pharmaindustrie.« Ich schluckte die Tablette mit dem Wasser herunter.

Es klingelte. »Ich muss los«, sagte ich und stand auf. »Sie kommen doch mit, oder?«

»Ich komme nach.«

»Bestimmt?«

»Auf jeden Fall.«

»Bis später«, sagte ich.
Als ich die Wohnungstür öffnete, standen meine Eltern vor der Tür. Meine Mutter hatte in Papier eingeschlagene Blumen in der Hand. Der Strauß war sehr umfangreich, einzelne bunte Knospen schauten hervor. »Die lagen hier vor der Tür«, sagte sie. Ich faltete den Zettel auf, der am Papier klebte. *Sie auch*, stand darauf.

Diesmal sagte der Pfarrer, der auf unserer Hochzeit in den See gefallen war, nichts von feuriger Glut und Strömen, die nicht ertränkt werden können, stattdessen sagte er etwas von Unergründlichkeit, und hinterher weinte er nicht, denn er war nicht betrunken und hatte seine Rede nicht ergreifend gefunden. Blank saß rechts von mir. Jakobs Mutter saß links von mir und sah aus wie ein Geist.

Es wurde viel geweint auf Jakobs Beerdigung, aber jetzt weinten nicht alle aus verschiedenen Gründen, sondern aus demselben Grund, und Jakobs Mutter weinte nicht. Ihre Haare waren plötzlich weiß. Ich hatte in einem Artikel gelesen, dass, wenn etwas geschieht, das nicht geschehen darf, Haare die Farbe verlieren können, und in einem anderen, dass das nicht sein kann.

Ich weinte auch nicht. »Ich kann nicht weinen«, sagte ich zu Blank, »vielleicht kommt das von der Tablette. Vielleicht bin ich zu leicht.« Ich hätte Jakobs *Tears Again* mitnehmen sollen.

»Sie haben nichts mehr übrig«, sagte Blank.

Jakobs Sarg stand vor dem Altar. Ich weinte nicht, weil ich mit dem Abwegigen rechnete und fand, solange der Sarg noch da stand, solange er nicht angehoben wurde, war noch Zeit, solange der Sarg noch da stand, war Jakob nicht weg, war Jakob noch da, war Jakob noch möglich, und als die Träger an den Sarg traten, um ihn anzuheben, wurde mir schlecht. Alles, was man im Bauchraum hat, die ganzen Innereien, schienen nach unten zu rutschen.

»Meine Innereien rutschen nach unten«, sagte ich.

»Das ist normal«, sagte Blank und drückte meine Hand, »machen Sie sich keine Sorgen.«

Die Träger traten an den Sarg. Es war jetzt sehr still. Ich musste der Stille beikommen, ich musste dringend etwas tun, Aufräumen hatte geholfen in der Nacht, nachdem Jakob gestorben war. Ich löste meine Hand aus Blanks Hand, stand auf und sagte: »Ich trage mit.«

Weil ich in der ersten Reihe stand, weil die Ehefrauen bei Beerdigungen immer in der ersten Reihe sind, konnte sich keiner zu mir umdrehen, aber die Stille in der Kirche war jetzt noch stiller.

Ich ging nach vorne. Ich konnte nicht nur gut viel zu viel Altglas auf einmal hoch- und runtertragen, ich konnte auch Schwereres. Wenn Freunde umzogen, riefen sie immer mich zuerst an, weil ich bekannt dafür war, auch die bleiernsten Umzugskisten tragen zu können, und ein Sarg geteilt durch vier Träger konnte nicht schwerer sein als eine unbedacht gepackte Bücherkiste. Außerdem hatte ich eine Tablette genommen, die leicht machte, und eine Tablette, die leicht macht, machte vielleicht auch das leicht, was man tragen wollte.

Der Sargträger rechts hinten trat zur Seite, ich stellte mich an seinen Platz.

»Andersrum«, flüsterte der zurückgetretene Sargträger.

Alle Träger standen mit dem Gesicht zum Ausgang, nur ich stand mit dem Gesicht zum Altar. »Entschuldigung«, sagte ich und drehte mich um. Einer der Träger sagte: »Auf drei. Eins zwei, drei«, er sagte das leise, als gelte es, bei drei jemanden zu erschrecken. Bei drei schulterten wir den Sarg.

Ich war kleiner als die anderen Träger, der Sarg hatte Schlagseite. Auf dem Weg durch die Kirche sah ich Blank an, so wie man bei starkem Wellengang etwas Unbewegliches fixieren muss, damit man nicht seekrank wird. Blank sah mich an und strich sich über die Augenbrauen.

Es ging gut bis zur Mitte des Kirchenschiffs. Dann sprang Jakobs Onkel auf und stemmte den Sarg auf meiner Seite hoch. »Ich trage mit«, sagte er.

Nach der Beerdigung lag ich auf dem Fußboden in der Küche, Blank saß neben mir, gegen die Spüle gelehnt. Ich erzählte ihm, wie mir am Grab alle kondoliert hatten, die Freunde, die Verwandten, die Kollegen, die Sprechstundenhilfe, die Schmerzpatienten, alle bis auf Alina, die nicht dabei gewesen war, und wie ich mich gefragt hatte, ob ich eigentlich noch die Ehefrau war, und wenn nicht, wer von den Kondolierenden wusste, dass ich es seit kurzem vermutlich nicht mehr gewesen war. Ich erzählte von den Kränzen und Kranzschleifen, davon, wie ich, obwohl der Sarg nun eindeutig angehoben und eindeutig getragen worden war, weiter mit dem Abwegigen gerechnet hatte, solange der Sarg noch nicht heruntergelassen ist, ist noch Zeit, wie alle Innereien verrutschten, als der Sarg heruntergelassen wurde, und wie Jakobs Mutter sich übergeben hatte, auf die Kranzschleifen, auf meinen Arm, auf den Ärmel von Jakobs Jackett.

Blank strich mir über die Haare, vorsichtig, als wollte er sie zählen. »Ich weiß es ja«, flüsterte er, »ich weiß es, ich war dabei, ich habe es gesehen.«

»Bleiben Sie noch ein wenig?«, fragte ich Blank am Abend, ich fragte es möglichst beiläufig.

»Wenn ich Sie nicht störe, bleibe ich gern noch eine Weile.«

Es ist unhöflich, Gäste zu fragen, was sie unter einer Weile verstehen, weil die Frage die Hoffnung impliziert, es sei eine überschaubare Weile, und ich traute mich nicht, zu implizieren, dass ich hoffte, die Weile, die Blank bleiben würde, wäre möglichst unüberschaubar.

»Müssen Sie denn noch woanders hin? Ich meine, haben Sie noch Termine? Sie können gern auch mein Auto haben, wenn Sie mal weiter weg müssen. Sie müssten es nachher nur zurückbringen.«

Blank lächelte. »Ich habe tatsächlich noch etwas zu erledigen«, sagte er, »aber das hat noch Zeit. Und weit weg ist es auch nicht.«

Ich holte Bettzeug und Jakobs Nachttischlampe aus dem Schlafzimmer und versuchte dabei, möglichst nicht mit dem Bett in Berührung zu kommen.

Blank sah müde aus. »Dann gute Nacht«, sagte ich. »Wenn Sie etwas brauchen, wecken Sie mich ruhig.«

Blank setzte sich aufs Sofa, dann stand er wieder auf. »Werden Sie denn schlafen können?«, fragte er.

»Ich weiß nicht.«

»Ich bleibe gerne noch mit Ihnen wach.«

»Ich gehe auch bald schlafen«, sagte ich. »Gut«, sagte Blank und setzte sich wieder hin.

Ich ging in die Küche, weil ich da etwas wollte, an das ich mich nicht mehr erinnern konnte, als ich ankam. Ich nahm einen Schwamm und versuchte, das Erbrochene von Jakobs Mutter aus dem Ärmel zu reiben. Es ging nicht raus, es wurde nur großflächiger und der Ärmel tropfnass. Ich holte eine Plastiktüte, ging ins Badezimmer und versuchte, nicht in den Spiegel zu sehen, so, wie man versucht, nicht auf einen Stapel ungeöffneter Mahnungen zu sehen. Im Badezimmer hatte Jakob am wenigsten Sachen, deshalb fing ich dort an. Ich nahm Jakobs Duschgel und legte es in die Tüte. Den Rasierer legte ich in die Tüte. Die Zahnbürste, die Zahnpasta, die die Zahnpasta war, die Zahnärzte ihrer Familie empfehlen, die Zahnhölzchen legte ich in die Tüte, die Munddusche, die Interdentalbürstchen. Das Gel, den Kamm, die Hornhautraspel. Mehr gab es nicht. Es ging schnell.

Ich trug die Tüte in die Küche und stopfte sie in den Mülleimer, sie passte nicht hinein. Ich nahm den Schwingdeckel ab, die Tüte hockte jetzt auf allem anderen, das längst hätte heruntergebracht werden müssen.

Als ich vor dem Mülleimer stand, fiel mir auf, dass ich keinen Schlafplatz hatte. Ich konnte keinesfalls in Jakobs und mein Bett, weil dort vielleicht Alina gewesen war, und auf dem Sofa, das wahrscheinlich unverfänglich war, schlief Blank. Ich überlegte kurz, in Jakobs Zelt zu schlafen, das immer noch im Garten stand. Aber vielleicht war auch dort Alina gewesen. Vielleicht hatte auch sie ein Zelt vorgezogen. Vielleicht wurde auch Alina beruhigt von Dingen, die sich schnell und spurlos abbauen ließen, vielleicht hatte sie Jakob darin besonders gut verstanden.

Auf dem Hängeschrank stand der umfangreiche Blumenstrauß, der vor der Tür gelegen hatte. Das war nett von Alina gewesen. Dass etwas nett von Alina gewesen war, machte es schlimmer.

Ich setzte mich neben den Mülleimer auf den Boden, schaute auf den Herd, der mir gegenüber stand, und versuchte, den tropfnassen Ärmel von Jakobs Jackett auszuwringen, obwohl man etwas, das man trägt, nur schlecht auswringen kann. »Auf gar keinen Fall hier sitzen bleiben«, dachte ich, auch, weil ich plötzlich nicht sicher war, ob das schemenhafte Ding, das ich durch die Backofentür sah, tatsächlich die Auflaufform oder eine große bewegungslose Ratte war, die mich ansah und darauf wartete, dass ich die Tür öffnete und wir uns auf Augenhöhe befänden. »Aufstehen«, dachte ich, und ich dachte es nicht besonders leise, aber meine Beine waren zu leicht zum Aufstehen, sie waren wie mit Luft gefüllt, vielleicht kam das von der Tablette, die leicht machen sollte.

Ich blieb sitzen, schaute auf den Herd und dachte an alles, was nicht mehr auszudenken war. Die Sätze, die ich Jakob noch hatte sagen wollen, die ich erfunden hatte, um alles doch noch zu retten, waren nicht auszudenken, die Vergangenheit war nicht auszudenken, die Gegenwart nicht und die Zukunft schon mal gar nicht. Die letzten Jahre samt der erheblichen Liebe waren nicht auszudenken, Alina war nicht auszudenken und nicht Jakobs vollkommen gerötetes Auge, die entschlossenen Geräusche der Intensivmaschinen. Es gab keine Richtung, in die man mehr denken konnte, nicht einmal Bengt war mehr auszudenken, Bengt, der mich in den Urlaub geschickt und der, Evelyn hatte das mit gesenktem Blick gesagt, eine neue Englischübersetzerin eingestellt hatte. Ich hätte aufstehen sollen, ich hätte mich dem Herd stellen, meine Haare zählen und Verspannung und Verrücktheit riskieren sollen, vielleicht wäre eine vorübergehende Verspannung hilfreich gewesen, weil eine Verspannung ein umstandsloser Schmerz ist, vielleicht wäre sogar eine vorübergehende Verrücktheit hilfreich gewesen, weil man bei einer Verrücktheit vermutlich mit den allerabwegigsten Gedankengängen beschäftigt ist und nicht mit den naheliegenden. Naheliegend war zum Beispiel, dass es jetzt außer mit der Liebe und außer mit Jakobs Leben auch mit meinem Leben vorbei war, mit dem, das gewesen war, und mit dem, das eigentlich noch bereitgestanden hatte, und kurz bevor ich das ausdachte, kam Blank herein.

Man sah, dass er geschlafen hatte, sein Anzug war zerknittert. Er sah mich erschrocken an, lief quer durch die Küche, hockte sich vor mich hin und umarmte mich, und diesmal fragte er nicht, ob er das dürfe.

Ich legte mein Gesicht auf seine Schulter. »Es gibt jetzt nichts mehr«, sagte ich, ich sagte das unverständlich. Blank sagte etwas zurück, es war ebenfalls unverständlich, weil Blank flüsterte und weil sein Mund auf meiner Schulter lag. »Was haben Sie gesagt?«, fragte ich.

Blank hob den Kopf und sah mich an, ließ mich los und strich mir mit den Händen durchs Gesicht. Der Druck seiner Hände in meinem Gesicht war fest, Blank strich mir durchs Gesicht, wie man sich eigentlich nur selbst durchs Gesicht streicht, wenn man eine Creme verteilt. Seine Augen waren gerötet. »Sie dürfen jetzt nicht verkümmern«, sagte er, »jedenfalls nicht ganz und gar.«

»Bitte, könnten Sie nachsehen, ob im Herd eine Ratte sitzt?«, fragte ich. Blank stand auf, öffnete die Ofentür und sah lange hinein. »Hier gibt es weit und breit nur eine Auflaufform«, sagte er, schloss die Tür und setzte sich wieder neben mich.

Ich hatte lange neben dem Mülleimer gesessen, und mittlerweile war der nasse Ärmel des Jacketts fast trocken und dafür der trockene nass.

»Er hat alles mitgenommen«, sagte ich, »auch das, was ihm gar nicht gehörte.«

»Wollen wir einen Arzt rufen?«, fragte Blank.

»Nein«, sagte ich und wollte mir Evelyns zweite Notfalltablette holen oder Blank fragen, ob er sie holen könne, aber dafür hätte sich einer von uns entfernen müssen, und ich wollte, dass sich keiner von uns entfernte.

Blank streckte vorsichtig die Beine aus und sah mich an. »Aber können Sie das denn wirklich wissen?«, fragte er.

»Was?«

»Dass es jetzt nichts mehr gibt.«

Ich nickte. Blank massierte seine Schläfen. »Sind Sie sicher, dass Sie das wissen können?«

»Ich bin sehr, sehr sicher, dass ich das wissen kann«, sagte ich, und langsam wurden meine Beine schwerer, weil eine Beteuerung immerhin ein Lebenszeichen war, selbst die Beteuerung des nicht mehr bereitstehenden Lebens war ein Lebenszeichen.

»Ich bin mir hundertprozentig sicher«, sagte ich und streckte meine Beine auch aus. Blanks Beine waren sehr viel länger als meine, seine schwarzen Schuhe hinter meinen Füßen sahen riesig aus.

Blank hörte nicht auf, mich zu fragen, ob ich das wirklich wissen könne. »Können Sie das beschwören?«, fragte er, »würden Sie alles, was Sie haben, darauf verwetten?«

»Das ist kein hoher Einsatz.«

»Entschuldigung«, sagte er. »Aber beschwören? Können Sie es beschwören?«

Ich beschwor es, ich beschwor es auf Nachfrage noch ein paar Mal, ich beteuerte, dass ich es beschwören könne, und dann sagte ich: »Nein. Natürlich kann ich es nicht hundertprozentig wissen.«

»Eben«, sagte Blank und seufzte, als habe er bis eben etwas sehr Schweres getragen, als sei dann jemand beigesprungen und habe gesagt: »Ich trage mit.«

»Eben«, sagte Blank noch mal und nahm meine Hand, »und deshalb wäre es gut, wenn Sie sich entscheiden könnten, nicht vollkommen zu verkümmern.«

Ich guckte auf Blanks blitzende Schuhe, ich sah genau hin, es war nicht ein einziger winziger Fleck darauf.

Blank versuchte, sich mit der rechten Hand am linken Knöchel zu kratzen, das gelang nicht, er ließ meine Hand los und kratzte sich ausführlich mit der linken. »Ich sage Ihnen jetzt mal was«, sagte er. »Alle wichtigen Entscheidungen werden auf der Basis lückenhafter Daten getroffen.« Er hatte sich fertig gekratzt und griff wieder nach meiner Hand.

»Können Sie das wirklich hundertprozentig wissen?«, fragte ich. Blank lachte. »Ja«, sagte er. »Was haben Sie da eigentlich? Eine Muskatreibe?«

Ich öffnete meine rechte Hand, ich hatte vergessen, dass darin etwas war. »Das ist eine Hornhautraspel«, sagte ich, »Jakobs Hornhautraspel.«

Blank ließ meine Hand los, nahm mir die Raspel aus der Hand, ich musste sie sehr fest gehalten haben, mein Handteller war gemustert. Blank beugte sich über die Raspel wie ein Uhrmacher über ein sehr kleines Uhrwerk, er strich mit dem Zeigefinger über die Reibefläche, winzige Reste von Jakobs Hornhaut rieselten auf sein Bein. Blank strich vorsichtig mit der Raspel über die schwieligen Stellen an seinem Fingeransatz. »Sachen gibt's«, sagte er.

Ich stand auf. Meine Beine kribbelten, mir war schwindlig, ich hielt mich am Herd fest.

»Gehen Sie jetzt schlafen?«, fragte Blank.

»Nein. Aber ich muss mich mal hinlegen.«

»Ja«, sagte Blank, »das ist eine sehr gute Idee. Kann ich noch irgendetwas für Sie tun? Soll ich mitkommen?«

Ich lächelte Blank an und schüttelte den Kopf.

»Soll ich den Herd im Auge behalten?«

»Nein«, sagte ich, »die Auflaufform tut nichts.«

»Wenn Sie mich brauchen«, sagte Blank, »ich bin hier. Ich werde genau hier sitzen bleiben. Mit dieser absonderlichen Raspel.«

Astronauten

Als es eines Nachts an der Tür klingelte, hatte es, glaube ich, schon sehr lange nicht mehr geklingelt. Seit Jakobs Tod verging die Zeit nicht mehr so, wie man das von ihr gewohnt war, auch Ablaufdaten war nicht mehr zu trauen. Die Zeit hatte jetzt starke Rhythmusstörungen, sie ruckte nach vorne, tippelte auf der Stelle, mal blieb sie stehen, mal raste sie, und nicht selten tat sie alles zugleich.

Wenn Blank und ich fünf Minuten schweigend auf dem Sofa saßen, vergingen in den fünf Minuten manchmal zwei ganze Tage. Wenn ich beinahe sicher war, dass ich wieder eine Woche geschafft hatte, und zu Blank sagte: »Heute ist anscheinend verkaufsoffener Sonntag«, sagte Blank: »Es ist, um genau zu sein, erst Mittwoch.«

Dass die Zeit trotz ihrer neuen Unberechenbarkeit irgendwie verging, und zwar in die Richtung, in die sie immer vergangen war, merkte man daran, wie sich Jakobs vollkommene Abwesenheit veränderte.

Jakobs vollkommene Abwesenheit, die am Anfang etwas Spitzes, Schneidendes, Ohrenbetäubendes gewesen war, war jetzt großflächig geworden, sie umgab mich wie eine Landschaft, in die ich versetzt worden war, in die ich meinen Hauptwohnsitz hatte verlegen müssen, in der ich mich insbesondere nachts verlief.

Ich saß in der Küche, als es in der Nacht klingelte. Ich ging zur Tür und sah durch den Spion. Draußen stand ein Feuerwehrmann.

Als ich die Wohnungstür öffnete und der Feuerwehrmann mich sah, hob er die Augenbrauen. Ich hob meine auch. Mit angehobenen Augenbrauen sahen wir uns an und schwiegen, bis der Feuerwehrmann sagte: »Wir haben gehört, es brennt bei dir.«

Er sagte Du, obwohl wir uns zum ersten Mal sahen, er sagte Wir, obwohl er alleine dastand.

»Sind Sie von der Feuerwehr?«

Der Feuerwehrmann ließ seine Augenbrauen herunter und zog sie zusammen. »Wovon soll ich denn sonst sein? Darf ich mal reinkommen?«

Ich machte einen Schritt zur Seite. Der Feuerwehrmann ging an mir vorbei und roch nach einem Herrenduft im Angebot. Er stand jetzt in der Mitte des Flurs, guckte auf die vier angelehnten Zimmertüren und schließlich wieder zu mir, als warte er darauf, dass ich auf eine der Türen zeigte und sagte: »Dahinter tobt eine Feuersbrunst.«

»Es brennt aber gar nicht, unseres Wissens«, sagte ich, obwohl auch ich alleine dastand.

»Das wollen wir ja mal sehen«, sagte der Feuerwehrmann, er sagte das wie ein Zahnarzt, dem man bereits beim Reinkommen etwas versichert.

Er leuchtete mit einer Taschenlampe in alle Zimmer. »Was suchen Sie denn?«, fragte ich. »Das Feuer«, sagte er.

Ich hatte keine Ahnung, dass es Feuer gibt, die man mit der Taschenlampe suchen muss, aber ein Feuerwehrmann kannte sich da sicherlich besser aus. Zuletzt ging er in die Küche, öffnete das Küchenfenster, stieg auf die Fensterbank und leuchtete in die Regenrinne.

Ich überlegte kurz, ob ich ihn festhalten sollte, denn die Fensterbank war nur für Primeln oder Basilikum gemacht oder für andere leichte Dinge in Töpfen. Der Feuerwehrmann stieg wieder herunter. »Alles in Ordnung«, sagte er bedauernd. Er leuchtete mir mit der Taschenlampe ins Gesicht, ohne es zu merken, denn in Gedanken war er bei etwas Großem, das es nicht gab. Ich verzog das Gesicht. Er ließ die Lampe sinken, holte sein Handy aus der Hosentasche und rief seine Kollegen an. »Alles in Ordnung«, sagte er, »wir können abrücken.«

»Möchten Sie vielleicht einen Kaffee?«, fragte ich, weil ich sowieso nicht schlafen konnte und der Feuerwehrmann nicht aussah, als wolle er abrücken.

Sein Gesicht wurde heller. »Klar«, sagte er. Er rief wieder seine Kollegen an, sagte, wenn nichts mehr anstünde, bliebe er erst mal hier, und setzte sich an den Küchentisch.

»Es müffelt hier irgendwie«, sagte er. Er lehnte sich zurück und schaute lange auf den Flamingo, der neben dem Küchenfenster stand. Ich hatte Hals und Schnabel des Flamingos mit Leukoplast umwickelt, seinen Flügel angeklebt und mit einem Stock abgestützt. Das hielt.

»Was ist das denn für ein Trauerspiel?«, fragte der Feuerwehrmann.

»Ein Geschenk«, sagte ich.

Der Feuerwehrmann sah sich um, deutete mit der Taschenlampe, die trotz des Deckenlichts immer noch leuchtete, wie mit einem Laserpointer hierhin und dorthin, hatte Hinweise und tat, als habe er sich gerade wider besseren Wissens dazu breitschlagen lassen, die Wohnung samt Einrichtung zu kaufen. Er sprach über das Brandverhalten der Gardine und der PVC-Tischdecke, die auch ein Geschenk von Jakobs Tante gewesen war, und dann über alles andere, was mangelhaft war. »Die Fenster sind ziemlich verdreckt«, sagte er, »Der Stuhl wackelt«, und »Das Regal würde ich woanders hinstellen, das sieht da irgendwie verloren aus.« Er beugte sich vor, öffnete die Kühlschranktür und leuchtete mit der Taschenlampe ins Innere. »Da ist ja gar nichts drin«, sagte er enttäuscht.

»Ich kann Ihnen Marzipankartoffeln anbieten«, sagte ich.

»Gern«, sagte der Feuerwehrmann und lehnte sich wieder zurück. »Die Kommode da kann ich mir übrigens gut in Hellgrün vorstellen.«

Ich kochte Kaffee und fand, dass der Feuerwehrmann im Grunde nicht über die Küche, sondern über mich sprach. Wahrscheinlich roch auch ich nicht besonders gut, auch ich war ein Trauerspiel, mein Brandverhalten war auch nicht mehr das, was es mal war, auch ich war ziemlich verdreckt und wacklig, auch ich gehörte woanders hingestellt, wo ich weniger verloren aussähe, in mir war auch nichts drin und man konnte sich mich auch gut in Hellgrün vorstellen.

Ein Blatt der Zimmerpalme hatte sich auf dem Kopf des Feuerwehrmanns niedergelassen und tätschelte ihn unmerklich, wenn er sich bewegte. Ich nahm eine Tasse und schenkte dem Feuerwehrmann Kaffee ein.

»Kann man aber im Ganzen noch was draus machen«, sagte er.

»Danke«, sagte ich. »Milch und Zucker?«

»Tiefschwarz.« Er griff in die Innentasche seiner Uniformjacke, zog eine Rolle Pfefferminz und ein Deospray heraus und hielt mir beides hin.

»Danke«, sagte ich, steckte mir ein Pfefferminz in den Mund und sprühte Deo in meine Achselhöhlen und in die Küche.

Als der Feuerwehrmann die zweite Tasse trank und ins Reden gekommen war, wurde mir plötzlich sehr heiß. »Du wirst ja ganz rot«, sagte er.

»Das liegt daran, dass Sie so mitreißend erzählen«, antwortete ich. Das war gelogen. Der Feuerwehrmann erzählte nicht mitreißend, sondern die Handlung eines Karatefilms aus den achtziger Jahren nach. Immer, wenn er bei einem Clou des Films angekommen war, fiel ihm ein, dass er vergessen hatte, etwas zu erzählen, ohne das man den Clou nicht verstehen konnte, und dann erzählte er nach dem jeweiligen Clou das, was den Clou zum Clou machte, und es ist nicht leicht, bei nacherzählten Clous von Karatefilmen mitzufiebern, selbst wenn man alle Informationen hat, um sie zu verstehen. In Wirklichkeit wurde mir heiß, weil mir einfiel, dass die Tasse, aus der der Feuerwehrmann seinen Kaffee trank, die Tasse war, in der Evelyns zweite Notfalltablette gelegen hatte.

Jetzt war die Tablette im Körper des Feuerwehrmanns. Ich fragte mich, was eine Tablette, die in mir gegen innere Notfälle wirken und mich leicht und müde machen sollte, im Körper eines Feuerwehrmanns anrichten und ob sie wohl grauenvolle Nebenwirkungen haben könnte, weil sie ja eigentlich in einen verschlossenen Hängeschrank gehörte. Ich fragte mich, ob ich einen Arzt oder Apotheker anrufen sollte, aber außer ihrer Wirkung wusste ich nichts von der Tablette, auch nicht ihren Namen. Ich überlegte, Evelyn auf ihrem Kreuzschiff anzurufen, damit sie den Psychiater fragte. Ich sagte: »Entschuldigen Sie mich kurz?« zu dem Feuerwehrmann, der jetzt schon weniger engagiert die Clous des Karatefilms erläuterte, und rief Evelyn an und fragte mich, ob Auskünfte eines liebestollen Psychiaters überhaupt verlässlich sein können, und Evelyn ging nicht ans Telefon, vermutlich, weil man auf Kreuzschiffen tatsächlich nur telegraphieren konnte. Ich ging zurück an den Küchentisch und fragte mich, ob eine Tablette gegen innere Notfälle in einem Feuerwehrmann, der doch den ganzen Tag äußere Notfälle bekämpfen sollte, dazu führen könnte, dass er alles falsch machte und wegen der inneren Leichtigkeit von einer Leiter oder Fensterbank fallen würde, ich fragte mich, ob der Feuerwehrmann sofort in eine Tablettenabhängigkeit geraten würde, in eine innerlich und äußerlich verheerende Abhängigkeit mit Beschaffungskriminalität, ich fragte mich, ob er eine Inhaltsstoffallergie hatte, ob man den Feuerwehrmann sofort auspumpen musste, und als ich mich gerade fragte, ob der Feuerwehrmann jeden Moment in meiner Küche sterben würde, fragte er: »Dein Kaffee, ist der entkoffeiniert?«

»Nein, der ist mit allem drin«, sagte ich.

»Warum guckst du mich so an?«

»Entschuldigung«, sagte ich. Der Feuerwehrmann legte die Arme auf den Tisch, das Kinn auf die übereinandergelegten Handflächen, schob eine Marzipankartoffel von einer Backe in die andere und lächelte mich an. »Weißt du was«, sagte er, »ich bin noch nie so entspannt gewesen.«

»Das freut mich«, sagte ich und beschloss, die Gesundheit des Feuerwehrmanns genau zu beobachten. Er stützte den Kopf in eine Handfläche, so dass seine ganze rechte Gesichtshälfte nach oben geschoben wurde, und erzählte jetzt nicht mehr vom Karatefilm, sondern dass Kaffee auch in der Schweinezucht verwendet werde. Sein Großvater, erzählte er, habe einen Bauernhof mit vielen Schweinen, unter denen sich aber nur ein einziger Eber befinde, der für den gesamten Schweinenachwuchs sorgen müsse. »Und da ist der Eber dann manchmal einfach auch erschöpft, da kann der manchmal einfach nicht mehr«, sagte der Feuerwehrmann, er sagte das voller Mitgefühl, als sei ihm schon oft Ähnliches abverlangt worden, und auch etwas entrüstet, als hätte ich behauptet, dass der Eber sich nicht so anstellen solle. Wenn der Eber nicht mehr könne, flöße der Großvater dem Eber einfach eine Tasse tiefschwarzen Kaffee ein. »Dann fluppt's wieder«, sagte der Feuerwehrmann.

»Das freut mich«, sagte ich.

Er rieb sich die Augen. »Mit deinem Kaffee würde das nicht so gut funktionieren«, sagte er, er wurde jetzt sehr müde, verschränkte die Arme auf dem Tisch, stützte den Kopf darauf, gähnte und sagte: »Aber erzähl doch mal was von dir.«

Der Feuerwehrmann hatte ein hageres Gesicht mit ein paar blonden Bartstoppeln, er war ungefähr zehn Jahre jünger als ich, also Mitte zwanzig, und er hatte etwas verfärbte, aber gute Zähne.

»Sie haben gute Zähne«, sagte ich.

»Das ist aber nett«, sagte der Feuerwehrmann gähnend und schlief ein.

»Ich kenne mich nämlich aus mit Zähnen«, sagte ich zu dem schlafenden Feuerwehrmann, und plötzlich erschien Blank in der Küchentür, rieb sich die Augen, sagte: »Oh, Besuch. Entschuldigung«, und wollte wieder gehen.

»Bleiben Sie doch.«

Blank blieb stehen und räusperte sich. »Das ist, glaube ich, Ihr erster Gast, seit wir uns kennen«, sagte er feierlich und betrachtete den schlafenden Feuerwehrmann.

Blank hatte recht, es war lange niemand mehr hier gewesen.

Evelyns Kreuzfahrt zog sich hin, vor Island hatte es einen Motorschaden gegeben, Evelyn und der Psychiater hatten den dadurch notwendigen Landgang ausgedehnt, und schließlich hatte das reparierte Kreuzschiff ohne sie abgelegt. Evelyn schrieb mir viele Postkarten und ich fragte mich, ob der Psychiater seinen Patienten geschrieben hatte, dass er nun doch länger wegbleibe, oder ob die Patienten am Tag seiner planmäßigen Rückkehr mit Begrüßungsblumen in der Hand am Pier gestanden und auf den Psychiater gewartet hatten, ich stellte mir vor, wie die Patienten vergeblich und stundenlang dagestanden und aufs Meer hinausgeblickt hatten, erst voller Vorfreude, dann immer beklommener, und wie sie schließlich, wortlos und mit Tränen in den Augen, die Blumen jemandem in die Hand gedrückt hatten, der zufällig vorbeigekommen war.

»Das ist kein Gast«, sagte ich, »das ist ein Feuerwehrmann. Er hat ein Feuer gesucht. Mit der Taschenlampe.«

»Das war offenbar ermüdend«, sagte Blank.

»Haben Sie gut geschlafen?«

»Wunderbar«, sagte er. »Und Sie? Haben Sie überhaupt geschlafen?«

»Nein, aber ich kenne jetzt einen Karatefilm.«

»Das hilft nicht«, sagte Blank. »Etwas essen, das würde helfen. Möchten Sie vielleicht jetzt etwas essen?«

»Nein. Danke.«

»Was stünde denn zur Wahl?«

»Marzipankartoffeln.«

»Sonst nichts? Wollten Sie nicht einkaufen gehen?«

»Sonst nichts.«

Blank holte eine neue Tüte Marzipankartoffeln aus dem Hängeschrank.

»Danke, ich will wirklich nichts«, sagte ich.

»Ich weiß«, sagte Blank. »Ich stelle die nur so dahin. Wenn Ihr Gast aufwacht, wird er Hunger haben.«

Es war jetzt früher Morgen, und es war still. Man hörte nur das leise Schnarchen des Feuerwehrmanns und das Knistern der Marzipankartoffeltüte in Blanks Händen.

»Ich bin sehr froh, dass Sie da sind, Blank«, sagte ich.

Blank füllte die Schale mit den Marzipankartoffeln auf, er tat das konzentriert und schaute mich nicht an, aber ich konnte sehen, dass er lächelte.

Er stellte die Schale auf den Tisch. »Es riecht hier so anders«, sagte er, »irgendwie frischer.«

»Axe Shock Moschus«, sagte ich.

Blank schaute noch eine Weile den Feuerwehrmann an, nickte mir dann zu und ging.

Eine halbe Stunde später hob der Feuerwehrmann langsam den Kopf und blinzelte. »Sie haben geschlafen«, sagte ich. »Und wie«, sagte er und nahm sich eine Handvoll Marzipankartoffeln, »jetzt muss ich aber mal los.«

»Geht es Ihnen denn gut?«

»Klar geht's mir gut.«

»Sind Sie da ganz sicher?«

»Super geht's mir«, sagte der Feuerwehrmann und stand auf, »mach dir mal keinen Kopf.«

Auf dem Weg zur Küchentür blieb er vor der Kommode stehen, die er sich gut in Hellgrün vorstellen konnte, und schaute auf den Wasserkocher. »Ist der aus dem Mittelalter?«

Ich schüttelte den Kopf.

»Dem brennt das Kabel durch, wenn man ihn mal nur schief anguckt«, sagte der Feuerwehrmann und sah den Wasserkocher an, als wolle er das beweisen, »immer schön den Stecker ziehen.«

»Alles klar«, sagte ich.

Ich brachte ihn zur Tür. Er ging vor mir her, und so sicher, wie er zur Tür ging, glaubte ich nicht, dass mit Nebenwirkungen zu rechnen war.

»Vielleicht sieht man sich ja mal wieder«, sagte er. Er sah aus, als wolle er noch etwas sagen und wisse nicht genau, was, also hob er, statt etwas zu sagen, wieder die Augenbrauen. Ich hob meine Augenbrauen auch.

»Vielleicht, wenn's wirklich mal brennt«, sagte er schließlich.

»Zum Beispiel«, sagte ich. Der Feuerwehrmann nickte und ging.

Blank fragte mich alle zwei Stunden, ob ich etwas gegessen hätte, und da ich fast immer verneinte, dachte er sich Tricks aus. »Sie sind viel zu dünn, Sie brauchen etwas zu essen«, sagte er. »Wir müssen Sie ablenken. Wir müssen es so anstellen, dass Sie gar nicht merken, dass Sie essen.«

Blank stellte regelmäßig einen Teller Hühnerfrikassee vor mich hin, das hatte er immer für seine Frau gekocht. Dann startete er ein Ablenkungsmanöver. Er las mir vor, was gerade zur Hand war, ein Buch, eine Zeitung, den Text auf einer Marzipankartoffeltüte, und er las alles mit viel Verve vor, um mich besonders gut zu überlisten, er las Auszüge aus dem Buch von Evelyns Psychiater genauso schwungvoll vor wie das Mindesthaltbarkeitsdatum und die Inhaltsstoffliste der Marzipankartoffeln. Er stellte sich, während ich vor dem Frikassee saß, auf einen Küchenstuhl und rezitierte berühmte Stellen aus berühmten Reden Ciceros, erst auf Lateinisch, dann auf Deutsch, und machte dabei ausladende Gesten.

»Nicht runterfallen«, sagte ich.

Blank spielte auf dem verstimmten Akkordeon von Jakobs Großmutter *Seemann, deine Heimat ist das Meer*, er sang es ergriffen und mehrmals hintereinander.

»Könnten Sie auch noch was anderes?«, fragte ich. »Mein Repertoire ist begrenzt«, sagte Blank, »ich kann nur zwei Stücke.«

»Was ist das andere?«

Blank sah mich betreten an. »*Junge, komm bald wieder*«, sagte ich. Blank nickte.

Nichts half, am Ende aß Blank jedes kalt gewordene Hühnerfrikassee selber, obwohl er nichts essen musste, und nur, damit es nicht verkam. »Dann eben Astronautennahrung«, sagte er schließlich.

»Gute Idee«, sagte ich. Ich nahm mein Portemonnaie, es waren nur Münzen darin, mehr gab es nicht. »Es ist fast überhaupt kein Geld mehr da«, sagte ich. Es gab schon länger fast überhaupt kein Geld mehr, aber jetzt ließ es sich mit einem Mal nicht mehr leugnen. Mit einem Mal waren auch all die Mahnungen nicht mehr zu leugnen, die ab und zu durch den Briefschlitz fielen, ich hatte sie auf den kleinen Tisch im Flur gelegt und dann nicht mehr hingesehen. Statt hinzusehen hatte ich mit dem Abwegigen gerechnet und also damit, dass alle irgendwann einfach aufhören würden, Rechnungen zu schicken, höflicherweise, weil man nicht aufdringlich sein will.

Blank klopfte auf die Taschen seines Anzugs. »Ich habe leider auch nichts bei mir.«

Um etwas gegen die Stille zu tun, die sich jetzt einstellte und die nur unterbrochen wurde von einem eingebildeten Rascheln der Mahnungen im Flur, sagte ich: »Blank ist blank« und hoffte, dass er lachen würde, aber er lachte natürlich nicht. »Werden Sie eigentlich etwas erben?«, fragte er.

»Bestimmt«, sagte ich, »ich habe mich noch nicht darum gekümmert.«

Blank räusperte sich. »Und wo ist das Portemonnaie Ihres Mannes?«

Ich holte die Krankenhaustüte, die auf den Mahnungen lag. Das Portemonnaie war darin, das Fläschchen *Tears Again*, sonst nichts. Jakobs Kleidung hatte man nicht dazulegen können. Man hatte, die Ärztin hatte das entschuldigend gesagt, Jakob nach dem Unfall aus seiner Kleidung herausschneiden müssen.

»Hier«, sagte ich und legte Jakobs Portemonnaie auf den Küchentisch. »Soll ich?«, fragte Blank. Ich nickte. Er öffnete Jakobs Portemonnaie und beugte sich darüber wie ein Uhrmacher. Alles, was er fand, legte er auf den Tisch.

Ich rechnete mit dem Naheliegenden. Das Naheliegende war schlimm, naheliegend war eine Rechnung über ein Hotelzimmer, in dem wir nicht gewesen waren, eine Rechnung über ein Geschenk, das nicht für mich gewesen war, ein Kassenzettel aus der Drogerie, auf dem, neben Duschgel und Deo, der Posten »Kondome« aufgeführt war. Blank fand nichts Naheliegendes. Was er fand, war genauso schlimm, weil man sich nichts darunter vorstellen konnte, und wenn man sich unter etwas nichts vorstellen kann, kann man sich leicht etwas besonders Schlimmes darunter vorstellen. Neben zwölf Euro siebzig und Jakobs Ausweisen und Karten legte Blank ein Stück Bierdeckel auf den Tisch, auf den jemand etwas Unkenntliches gekritzelt hatte, außerdem eine ausgerissene, zusammengefaltete Besprechung eines schwedischen Films, den Jakob nie erwähnt hatte. Das konnte alles und nichts bedeuten, ich konnte mir nichts darunter vorstellen und fing an, mir besonders Schlimmes darunter vorzustellen, unter dem Gekritzel, unter dem schwedischen Film, unter Jakob.

Blank sah mich an und klopfte mit dem Zeigefinger auf die Bankkarte.

Ich versuchte es zuerst mit Jakobs Geburtstag und dann mit meinem. Beides war falsch. »Ein Versuch noch«, sagte ich zu Blank, und ich hatte plötzlich Angst, dass Jakobs Geheimzahl Alinas Geburtstag wäre oder der Tag, an dem er sie kennengelernt hatte. »Ich halte es für wenig wahrscheinlich, dass man seine Geheimzahl in den Geburtstag seiner Geliebten ändert«, sagte Blank.

»Wenig wahrscheinlich schon«, sagte ich.

»Würde das denn zu Jakob passen?«

»Ich weiß nicht mehr, was zu Jakob passt.«

»Versuchen Sie es mit Ihrem Hochzeitstag«, sagte Blank.

Ich tippte den Hochzeitstag ein. Der Bildschirm änderte die Farbe, die Funktionen erschienen, und plötzlich war ich aufgeregt wie jemand, der zum ersten Mal in einem Casino ist. Ich drehte mich zu Blank um. »Was meinen Sie? Wie viel brauchen wir?«

»Eine Menge, würde ich vorschlagen«, sagte Blank. »Eine ganze Menge, für den Anfang.«

Es war mir peinlich, den Apotheker nach Astronautennahrung zu fragen. Es ist mir immer peinlich, Apotheker nach etwas zu fragen, das nicht eindeutig gegen äußere Notfälle hilft.

Der Apotheker trug einen Pullover, der gemustert war wie ein Bildschirmschoner aus den neunziger Jahren. »Guten Tag«, sagte er, »bitte schön?«

»Ich hätte gern eine Packung Pflaster«, sagte ich.

»Wärmepflaster, Blasenpflaster oder Wundpflaster?«

»Wundpflaster bitte.«

Der Apotheker holte die Pflaster. »Für kleinere Verletzungen. Extra starke Klebkraft.«

»Danke«, sagte ich. »Ach, und dann brauche ich noch Astronautennahrung.«

»Medizinische Trinknahrung«, korrigierte der Apotheker. »Die wird nach schweren Operationen empfohlen.«

»Genau.«

»Vorrätig habe ich die nur in Nuss«, sagte der Apotheker und holte eine Palette mit vier Flaschen, die nach Bier aussahen. »Das ist hochkalorisch«, sagte er, er sagte es wie »hochexplosiv«.

Ich brachte die hochkalorische Palette nach Hause. »Möchten Sie vorkosten?«, fragte ich und schenkte Blank ein Glas ein. Blank probierte, man merkte, dass es ihm überhaupt nicht schmeckte, trotzdem lächelte er und sagte: »Das schmeckt doch gar nicht mal schlecht. Ist das Vanille?«

Am Abend saßen Blank und ich auf dem Balkon, ich füllte Überweisungsformulare aus und trank Trinknahrung, Blank hatte sich ein Bier gekauft, er trank es nur so, Blank brauchte keine Flüssigkeit, Blanks Körper brauchte nichts, ich vergaß das immer wieder.

Dass Blank genau genommen nicht mehr am Leben war, war so abwegig, dass es mich nicht überraschte. Blank zeigte alle Lebenszeichen. Er atmete und sprach und schluckte und bewegte sich und sein Herz schlug wie bei jemandem, der am Leben war. Sein Herz, sagte Blank, sei ein Cor Mobile gewesen.

»Was ist das?«

»Etwas recht Seltenes«, sagte Blank, »ein Cor Mobile ist ein sogenanntes abnorm verschiebliches Herz, es wandert im Brustkorb herum. Man muss es operativ festklammern.«

Weil es dämmrig war und Blank und ich uns kaum mehr als schemenhaft sehen konnten, fragte ich ihn, ob er an seinem verschieblichen Herz gestorben sei. Mein eigenes Herz schlug schnell, weil ich noch nie jemanden gefragt hatte, woran er gestorben war, ich hatte nicht damit gerechnet, das jemals jemanden zu fragen. Kein Ort der Welt, hatte ich geglaubt, konnte so stockfinster sein, dass ich jemanden darin fragen würde, woran er gestorben sei.

»Nein«, sagte Blank, »daran stirbt man nicht.« Er lockerte seine Krawatte. »Es war ein Infarkt«, sagte er und nickte dann, als habe er die Frage, woran er gestorben sei, selbst gestellt.

Ich wusste nicht, was ich antworten sollte, ob es angemessen wäre, »Herzliches Beileid« zu sagen wie zu einem Hinterbliebenen, ich wusste nicht, ob Blank sein eigener Hinterbliebener war und ob er es jetzt, wo er nicht mehr am Leben war, schlimm fand, gestorben zu sein, ob er es schlimm fand, an einem Herzinfarkt gestorben zu sein, immerhin war ein Herzinfarkt wahrscheinlich etwas besser als ein Auto, ein Blitz oder ein Mörder, ich wusste nicht, ob sich ein Toter um seine Todesursache überhaupt schert oder ob sie so wichtig ist wie für einen Lebenden die Tatsache, dass man per Kaiserschnitt oder herkömmlich auf die Welt gekommen ist.

»Es geht mir jetzt aber wieder recht gut«, sagte Blank.

Ich schaute auf Blanks Brustkorb und stellte mir sein verschiebliches Herz vor, wie es im Brustkorb herumgewandert, wie es wie im Schlafwandel darin herumgegeistert war, ich stellte mir vor, wie das Herz auf seinen Wanderungen immer irgendwo angestoßen war, vor Schreck eine kleine Rhythmusstörung gekriegt und dann eine andere Richtung eingeschlagen hatte, unermüdlich, bis man eine Festklammerung vorgenommen hatte, ich fragte mich, ob Blanks Herz länger mitgemacht und später stillgestanden hätte, wenn es nicht festgeklammert worden wäre.

»Ist es denn … ist es denn jetzt so, wie es früher war? In Ihrem Körper zu sein, meine ich.«

Blank sah an sich herunter. »Nein«, sagte er, »ich merke zwar alles, aber es ist seltsam gedämpft, als hätte ich immer einen Taucheranzug an. Es ist, als sei ich mit Luft gefüllt. Ich fühle mich im Ganzen zu leicht.«

»Stehen Sie doch mal bitte auf«, sagte ich und ging zu Blank hinüber. Blank erhob sich. »Darf ich?«, fragte ich. Blank nickte, ich schlang meine Arme um seine Hüften und versuchte, ihn hochzuheben, ich versuchte es mehrmals, aber er war zu schwer. »Sie sind zu schwer«, sagte ich, und Blank freute sich. »Ich habe über neunzig Kilo gewogen«, sagte er. Ich sah Blank erstaunt an, seinen großen, sehr dünnen Körper in dem schwarzen Anzug. Blank lächelte. »Ich habe sehr schwere Knochen.«

Es klingelte. Ich rührte mich nicht, Blank sah mich an. »Ich erwarte niemanden«, sagte ich. »Meinetwegen können Sie ruhig öffnen«, sagte Blank. Es klingelte wieder. »Wir haben ja noch Zeit«, sagte ich und versuchte, es nicht wie eine Frage klingen zu lassen. »Ja«, sagte Blank, »wir haben noch Zeit.«

Vor der Tür stand der Feuerwehrmann. »Ich hätte gerne noch eine Tasse von diesem Kaffee«, sagte er. Er klopfte seine Uniform ab, als sei Staub darauf.

»Wie heißen Sie eigentlich?«

»Armin. Armin Golling.«

Ich lehnte mich an den Türrahmen. »Der Kaffee ist leider aus, Armin«, sagte ich. »Jedenfalls diese spezielle Sorte.«

»Schade.« Armin guckte an mir vorbei in die Wohnung. »Hast du gerade Besuch?«

»Nein.«

»Darf ich reinkommen? Kurz?«

Ich sah ihn fragend an. »Ich habe gerade in der Nähe was gelöscht«, erklärte er.

Als ich die Tür ganz öffnete, ging Armin sofort in die Küche, setzte sich hin und streckte die Beine aus. Ich dachte an meine Tante und ihren Postboten, der auf seiner täglichen Tour immer bei meiner Tante Station machte. Sie hielt immer ein Likörchen für ihn bereit, und während der Postbote sein Likörchen trank, redeten er und meine Tante über das Neueste aus der Nachbarschaft. Für meine Tante, die niemanden zum Reden hatte, war es der Höhepunkt des Tages. Armin an meinem Küchentisch tat, als käme er seit Jahren regelmäßig vorbei, als sei das so üblich, Armin tat, als sei er der Höhepunkt des Tages und als hielte ich immer schon Ausschau und ein Likörchen bereit.

»Ich kann Ihnen aber wieder nichts anbieten«, sagte ich. »Nur Marzipankartoffeln. Und hochkalorische Flüssignahrung.«

»Hochkalorisch klingt gut.«

»Hochkalorisch«, wiederholte ich. »Nicht hochprozentig.«

Ich stellte eine Flasche auf den Tisch. Die Astronautennahrung hatte einen Kronkorken, ich holte schnell den Flaschenöffner vom Balkon, weil ich fürchtete, Armin würde die Flasche sonst mit den Zähnen öffnen. Blank war nicht mehr auf dem Balkon. Ich legte den Öffner auf den Tisch und sagte: »Ich muss mal kurz auf die Toilette.«

Ich fand Blank im Wohnzimmer, er stand am Fenster, die Hände hinter dem Rücken gefaltet, und schaute in den Garten. Als ich hereinkam, drehte er sich um und lächelte. »Schon wieder ein Feueralarm?«

»Nein«, sagte ich. »Möchten Sie sich nicht dazusetzen?«

»Später vielleicht«, sagte Blank.

Ich ging zurück in die Küche. »Das schmeckt ja großartig«, sagte Armin und stellte die halbleere Flasche auf den Tisch.

»Fünfhundert Kalorien pro Flasche«, sagte ich, »wenn man am Tag drei davon trinkt, nimmt man in zwei Wochen bis zu sechs Kilo zu.«

»Das ist es wert«, sagte Armin. »Willst du keins?«

»Das war das letzte.«

»Noch besser wäre es mit Eis«, sagte Armin, stand auf, nahm ein Messer aus der Schublade, öffnete den Kühlschrank, hackte etwas Eis vom vereisten Gefrierfach und drückte es in die Flasche.

»Und«, fragte Armin, »alles okay?«

»Ja. Ich bin allerdings ein bisschen müde.«

»Langer Tag?«

»Ja.«

»Ich auch.«

Wir schwiegen, Armin lehnte sich zurück, das Blatt der Zimmerpalme, das sich schon beim letzten Mal auf seinen Kopf gelegt hatte, legte sich wieder dorthin.

»Haben Sie sich eigentlich komisch gefühlt, nachdem Sie

letztes Mal hier gewesen sind?«, fragte ich, »ist hinterher irgendwas Seltsames mit Ihnen passiert?«

»Nein«, sagte Armin, »mit dir?«

»Nein.«

»Hast du dir den Film angesehen? Den mit Ralph McQuincey? Von dem ich dir erzählt habe?«

»Nein«, sagte ich. »Sie waren doch erst vorgestern hier.« Weil Armin sehr enttäuscht aussah, sagte ich: »Mein Fernseher ist kaputt.«

»Ach so«, sagte er, »ich kann ja nächstes Mal meinen Computer mitbringen.«

»Ich muss schon wieder aufs Klo«, sagte ich.

Ich ging ins Schlafzimmer. Blank lag im Bett und blätterte in dem Buch von Evelyns Psychiater. Seit der Nacht nach der Beerdigung schlief Blank in Jakobs und meinem Bett, das jetzt nur noch mein Bett war, und ich auf dem Sofa im Wohnzimmer. Ich hatte ihn dazu überredet. »Es ist mir sehr unangenehm, Ihr Bett in Beschlag zu nehmen«, hatte Blank gesagt, ich hatte gesagt, dass mein Bett jemand ganz anderes in Beschlag genommen hätte und ich sehr viel lieber auf dem Sofa schlafen würde.

»Ich habe mich schon hingelegt«, sagte Blank jetzt. »Ich will nicht unhöflich sein, nächstes Mal stelle ich mich bestimmt vor. Ich bin heute Abend nur so müde.«

»Fühlen Sie sich nicht wohl? Sind Sie krank?«

»Nein«, sagte er, »krank kann ich glücklicherweise nicht mehr werden.«

»Natürlich«, sagte ich, »Entschuldigung.«

»Und ich fühle mich ausgesprochen wohl«, sagte er und lächelte. »Wie ist es denn? Wieder ein Karatefilm?«

»Es ist kurz davor.«

»Wir sollten uns mal einen ansehen«, sagte Blank, »ich kenne keinen einzigen.«

»In Ordnung«, sagte ich. Blank legte das Buch auf den Nachttisch. »Gute Nacht«, sagte er und strich mir über den Unterarm.

»Gute Nacht, Blank«, sagte ich.

»Durchfall?«, fragte Armin. Er hatte seinen Stuhl noch weiter vom Tisch weggeschoben und war jetzt sehr nahe an dem geklebten Flamingo. Ich schob den Flamingo zur Seite, lehnte mich gegen die Spüle, verschränkte die Arme und wollte auf jeden Fall einen Karatefilm vermeiden. »Wissen Sie, was ein Cor Mobile ist?«

Armin verschränkte seine Arme ebenfalls. »Keine Ahnung. Irgendwas mit einem Gesangsverein?«

Ich verdrehte die Augen und holte ein Glas aus dem Hängeschrank. »Ein Wanderherz«, sagte Armin hinter meinem Rücken, »extrem selten. Ein abnorm verschiebliches Herz, das durch den Brustkorb wandert.«

Ich drehte mich um. »Da guckst du«, sagte er.

Armin grinste, erhob sich langsam, knöpfte seine Jacke auf und dann sein Hemd, langsam wie ein Stripper, der sich für einen Junggesellinnenabend als Feuerwehrmann verkleidet hat.

»Was soll das denn jetzt?«, fragte ich, »spinnst du?«

»Keine Sorge. Ich will dir nur was zeigen.« Armin hielt sein Hemd auf. Quer über seine Brust zog sich eine Tätowierung, ein Satz in ausladender, verschnörkelter, nach rechts geneigter Schreibschrift: *Nothing is forever*.

Ich lachte kurz auf. Armin sah mich verständnislos an. »Besonders lustig war das eigentlich nicht«, sagte er. Senkrecht über seine Brust lief eine blasse Narbe. »Entschuldigung«, sagte ich, »die habe ich gar nicht gesehen, die Tätowierung ist so … im Vordergrund.«

»Ich hatte als Kind mal was am Herz«, sagte Armin, »seitdem weiß ich alles über Herzkrankheiten. Kannst mich jederzeit alles drüber fragen.«

Ich ging näher an Armin heran und betrachtete die Tätowierung. Sie hatte unglaublich viele Schnörkel, und von nahem sah sie aus, als habe der Tätowierer so viel geschnörkelt, weil er sich anfangs beim »t« und beim »h« verschrieben hatte. Das Nothing sah aus wie ein ausgebessertes Nofking.

»Es ist aber schon längst wieder alles in Ordnung«, sagte Armin. »Danke der Nachfrage.«

Er drückte das Kinn auf die Brust, betrachtete die Tätowierung, als sehe er sie zum ersten Mal, und nickte dann anerkennend. »Nothing is forever«, sagte er dann feierlich. »Ist doch so. Ralph McQuincey hat die übrigens auch, an genau der gleichen Stelle.«

Armin nistete sich ein, er kam jeden zweiten Tag vorbei, immer hatte er gerade angeblich in der Nähe etwas zu tun gehabt, eine Katze vom Baum geholt, eine Dieselspur beseitigt, Schulkindern etwas über Brandschutz erklärt, einem falschen Alarm vertraut.

»Bist du eigentlich wirklich Feuerwehrmann?«

»Klar«, sagte Armin. Ich glaubte Armin den Feuerwehrmann nicht, seine Uniform sah aus wie aus einem Kostümverleih.

»So wahr ich hier stehe«, sagte er.

Ich sagte ihm nicht, dass Dastehen nicht immer ein Argument war. »Deine Uniform sieht irgendwie aus wie ein Kostüm«, sagte ich und dachte an Junggesellinnenabende.

»Wie viele Feuerwehrmänner hast du denn schon aus der Nähe gesehen?«

»Keinen«, gab ich zu.

Ich fing an, mit Armin zu rechnen, wie ich mit Jakobs spontaner Tante gerechnet hatte. Ich öffnete die Tür, winkte ihn wortlos herein, Armin ging an mir vorbei in die Küche, setzte sich hin, blieb zwei Stunden und ging wieder. Blank kam nie dazu, Blank war immer verhindert, er war immer gerade zu müde oder machte einen Spaziergang. »Sie können wirklich ruhig dazukommen«, sagte ich. »Ich weiß«, sagte Blank.

Armin erzählte die Clous aus Filmen mit Ralph McQuincey, und damit er wieder damit aufhörte, sagte ich, es sei doch schade, wenn er alles schon verrate.

Weil Armin immer wieder anbot, nächstes Mal seinen Computer mitzubringen, behauptete ich, immer noch alles nur verschwommen zu sehen. Das stimmte nicht. Ich sah jetzt wieder alles richtig, glasklar jede Falte in Blanks Gesicht, glasklar alle Möbel, alle Schwellen, seit neuestem wurde nichts mehr angerempelt, seit neuestem wurden alle Abstände genau richtig eingeschätzt.

Wenn Armin alles erzählt hatte, von seinem Karatefilmhauptdarsteller, von geretteten Kellern und seinem Großvater in der Schweinezucht, von verflossenen Freundinnen, die er habe verlassen müssen, weil sie immer mehr gewollt hätten, als er zu geben bereit gewesen sei, fragte er mich, wie es mir denn so gehe. Als Armin eine Flasche Sekt mitgebracht hatte, ich von einem Glas ziemlich betrunken war und dann noch ein weiteres trank, erzählte ich ihm von Jakob. Weil sich von dem Sekt alles drehte, erzählte ich alles durcheinander, von Jakob und

Alina und Jakob und mir und Jakob und dem Unfall, und immer, wenn ich bei einem Clou angekommen war, fiel mir ein, dass ich vergessen hatte, etwas zu erzählen, ohne das man den Clou nicht verstehen konnte, und dann erzählte ich nach dem jeweiligen Clou das, was den Clou zum Clou machte.

Als ich alles zu Ende erzählt hatte, blies Armin die Backen auf. »Schlimme Geschichte.«

»Ja«, sagte ich, legte den Kopf auf die Tischplatte und schlief ein.

Als ich aufwachte, dämmerte es. Armin saß mir gegenüber und lächelte. »Du hast geschlafen«, sagte er.

»Und wie«, sagte ich, »jetzt musst du aber mal los.«

Armin stand auf, füllte zwei große Gläser mit Leitungswasser und stellte eins vor mich hin. »Habt ihr noch Sex gehabt, als er mit der anderen zusammen war?«

»Wie bitte?«, fragte ich. Ich fragte es wie eine Tante mit einem Likörchen.

»Habt ihr noch Sex gehabt, als er mit der anderen zusammen war?«

Ich konnte mich an das letzte Mal nicht mehr erinnern. »Ich kann mich an das letzte Mal nicht mehr erinnern«, sagte ich, und Armin sagte: »Dann war's wohl nicht so toll.«

»Nein, natürlich kann ich mich an Sex mit Jakob erinnern«, sagte ich, »ich kann mich nur nicht daran erinnern, wann das letzte Mal gewesen ist«, und Armin sagte: »Dann war's wohl nicht so toll.«

Ich nahm Armins fast leergetrunkene Flasche Trinknahrung vom Tisch, stellte sie auf die Spüle und baute mich vor ihm auf. »Wieso kommst du eigentlich immer her?«

»Weil ich gerade in der Nähe bin.«

»Das ist doch Quatsch.«

Armin lehnte sich zurück. »Ich komme immer her, weil ich glaube, dass du Gesellschaft brauchst. Außer mir kommt hier nämlich keiner her. Wenn hier irgendwer herkäme, dann würdest du dich nämlich mal waschen. Oder den Müll runterbringen.«

Ich setzte mich auf den Küchenstuhl. »Ich glaube, du kommst her, weil *du* Gesellschaft brauchst«, sagte ich. »Ich habe bereits Gesellschaft, und zwar die beste, die man sich vorstellen kann.«

»Ach?«

»Ich bin nicht allein. Das wollte ich dir schon immer mal sagen.«

»Ach? Und wo ist er? Geschäftsreise? Die zieht sich aber.« Armin holte sich die Trinknahrung von der Spüle zurück, blieb vor dem Tisch stehen und trank die Flasche leer. Immer, wenn er herkam, trank er ungefähr zwei Flaschen. Ich guckte auf seinen Bauch, über dem sich die Uniform spannte. Er hatte zugelegt.

Ich stand auf, ging in Blanks Zimmer und rüttelte an seiner Schulter. »Blank, Sie müssen jetzt wirklich mal kommen«, sagte ich.

Ich schob Blank in die Küche. Armin hatte die Hände im Nacken verschränkt und sah mich an. Blank stand da wie ein übergroßer Konfirmand, der wiederholt den Unterricht verschlafen hat.

»Doktor Blank, das ist Armin«, sagte ich, »Armin, das ist Doktor Friedrich Blank.«

Armin schaute mich an, dann in die Richtung, in die ich gedeutet hatte.

»Freut mich sehr«, sagte Blank.

Dann sagte keiner mehr etwas, deshalb sagte ich: »Schön, dass ihr euch endlich mal kennenlernt.«

»Das finde ich auch«, sagte Blank, »bisher war ich ja leider immer verhindert.«

Armin stand auf, ging um den Küchentisch herum zu Blank und mir und nahm mich beiseite, als plane er eine geschäftliche Unterredung unter vier Augen.

»Dir ist aber schon klar, dass da niemand ist«, flüsterte er, und er flüsterte es ausdrücklich nicht als Frage.

»Sehen Sie«, sagte Blank zu mir, »das hatte ich befürchtet.«

»Doktor Friedrich Blank, Altphilologe«, sagte ich zu Armin, »so wahr ich hier stehe.«

Armin ging wieder um den Küchentisch herum, setzte sich auf seinen Platz und guckte zwischen mir und der Stelle, an der Blank stand, hin und her. Armin sah aus wie ein Quizkandidat im Fernsehen, der bei einer besonders kostspieligen Frage besonders inbrünstig nachdenkt.

»So wahr ich hier stehe«, sagte ich. »Und so wahr dein Großvater in der Schweinezucht ist. Und erst recht, so wahr du ein Feuerwehrmann bist.«

Armin sah mich lange an. Dann hob er die Arme und lehnte sich zurück wie ein Quizkandidat, der beschlossen hat, die Frage zu tauschen.

»In Ordnung«, sagte er. »Dr. Friedrich Blank.« Er hob seine Trinknahrung in Blanks Richtung. »Auf Ihr spezielles.«

Als Armin das nächste Mal vorbeikam, war er in Zivil und hatte eine Reisetasche dabei, er ging auch nicht direkt in die Küche, sondern blieb im Flur stehen. »Dein Chef hat doch gesagt, du sollst Urlaub machen«, sagte er, »dann mach doch Urlaub. Du musst dringend mal raus hier.«

»Mit dir?«, fragte ich. »Mit mir«, sagte Armin, als sei er stolzer Besitzer einer ganzen Kreuzfahrtschiffsflotte.

»Ich kann mir Urlaub überhaupt nicht leisten«, sagte ich. »Ich auch nicht«, sagte Armin. »Aber dann ist Holland ja genau das Richtige.«

»Holland?«

»Ja. Zandvoort. Ein romantisches Seebad mit vielen Möglichkeiten auch für den schmalen Geldbeutel. Ich habe da was zu erledigen. Was Großes.« Armin guckte schräg an mir vorbei. »Oder, Doktor Blank? Was meinen Sie? Urlaub ist doch eine gute Idee?«

»Blank ist im Schlafzimmer«, sagte ich. »Und wie soll das denn gehen, wir drei, du kannst dich mit Blank ja nicht einmal verständigen.«

»Du bist doch Übersetzerin«, sagte Armin. Blank kam aus dem Schlafzimmer. »Armin fährt nach Holland«, sagte ich, »und wir sollen mit.«

»Ausgezeichnete Idee«, sagte Blank, »Sie müssen wirklich dringend mal raus hier.«

Armin sah mich erwartungsvoll an. »Und?«

Ich dachte an Bengt, der ja nicht nur gewollt hatte, dass ich Urlaub mache, sondern auch eine kreativere Übersetzung. »Blank hat starke Zweifel«, sagte ich zu Armin.

»Da haben Sie mich missverstanden«, sagte Blank.

Armin verdrehte die Augen. »Komm, überleg's dir.«

»Gut, ich überleg's mir«, sagte ich, damit Armin wieder ging und ich in Ruhe nicht mitfahren konnte. »Schreib mir deine Nummer auf.«

»Meine Nummer kennst du bereits«, sagte Armin. »Jeder kennt meine Nummer.« Ich hob die Augenbrauen.

»112«, sagte Armin.

Er setzte sich auf seine Reisetasche. »Komm, überleg's dir jetzt gleich«, sagte er und hob einen Zeigefinger in die Luft, *»Denke immer nach und versuche dich ständig an Neuem.«*

»Das stammt aus einer berühmten Kircheninschrift aus dem 17. Jahrhundert«, erklärte Blank.

»Karateregel Nummer zwanzig«, sagte Armin.

»Ach so«, sagte Blank.

»Holland ist aber nicht neu«, sagte ich.

»Das ist ein etwas lahmer Einwand«, sagte Blank.

»Ich aber«, sagte Armin.

»Blank, Sie hatten doch auch noch was zu erledigen«, sagte ich, »Sie haben doch diesen Termin.«

»Das hat noch Zeit.«

Ich guckte auf die Stelle, an der Jakobs Schild gestanden hatte, *Gleich ist es vorbei*, ich hatte es in den Keller getragen, aber es war immer noch da. Immer war alles immer noch da.

»Ich muss aber noch jemanden wegen der Zimmerpflanze anrufen«, sagte ich, obwohl die Zimmerpflanze eine Palme war, die nichts brauchte, und obwohl ich nicht wusste, wen ich ihretwegen hätte anrufen sollen. Blank nickte mir so heftig zu, als hätte ich gesagt: »Vielleicht nehme ich noch ein wenig von dem Hühnerfrikassee.«

Heute Nacht ist es sehr klar

Wir nahmen mein Auto. Ich fuhr, Armin saß neben mir und Blank auf der Rückbank, er saß genau in der Mitte, er hatte beide Fenster geöffnet, seine Haare flatterten im Wind. *Just* stand in großen goldenen Buchstaben hinter ihm auf der Heckscheibe. Das *Married* war noch zu erahnen. Nach der Hochzeit hatten Jakob und ich mit allen möglichen Mitteln an der Heckscheibe herumgeputzt, und nachdem das *Married* auch nach Stunden nicht abgegangen war, hatten wir es aufgegeben.

»Musik?«, fragte Armin und machte das Radio an. Dann drehte er sich zu Blank um. »Wie ist es eigentlich, wenn man stirbt?«

»Armin!«, sagte ich, als sei Armin ein Kind im Wartezimmer, das seine Mutter laut fragte, warum der Onkel auf dem Stuhl neben ihr so dick sei. Ich sah in den Rückspiegel, Blank zuckte nicht mit der Wimper. »Das erzähle ich Ihnen später«, sagte er.

Armin sah mich an. »Und?«

»Wart's ab«, sagte ich.

Armin drehte sich wieder zu Blank. »Was haben Sie denn noch für einen Termin?«

»Ich muss zu meiner Frau«, sagte Blank.

Ich sah Blank im Rückspiegel an. »Ein privater Termin«, sagte ich zu Armin, »mit seiner Frau, wenn du es unbedingt genau wissen musst.«

»Ist Ihre Frau auch tot?«, fragte Armin.

»Nein«, sagte Blank, »die lebt noch.«

Ich schüttelte den Kopf.

»Aber die jüngste ist sie auch nicht mehr, oder?«

»Zweiundsechzig jetzt bald«, sagte Blank, »am achten März.«

Der Radiomoderator kündigte ein neues Lied an, Armin fuhr herum und starrte auf das Radio. »*Karate Kid II*«, rief er, »der Titelsong«, und drehte lauter. »Was?«, fragte ich. »Der Titelsong«, sagte Armin aufgeregt, »ich verstehe immer den Text nicht, kannst du mal übersetzen?«

»Was?«

»Übersetzen!«

»Simultan kann ich aber nicht.«

»Es geht los«, rief Armin, »mach!«

Das Lied begann, es wurde von einem Orchester begleitet. »Heute Nacht ist es sehr klar, singt er«, übersetzte ich, »als wir beide hier zusammen liegen, singt er jetzt.«

»Sag nicht immer, dass er singt, das weiß ich selber«, sagte Armin.

»Es gibt so vieles, das ich dir sagen will«, übersetzte ich. »Ich werde dich immer lieben. Ich werde dich niemals verlassen.«

Armin nickte. Er sah mich erwartungsvoll an.

»Manchmal vergesse ich es einfach«, sagte ich, »dann sage ich Dinge, die ich später bereue. Es bricht mir das Herz, dich weinen zu sehen. Ich will dich nicht verlieren, ich würde es niemals alleine schaffen. Gib mir mal das Wasser.«

Armin reichte mir die Wasserflasche und hing an meinen Lippen.

»Ich bin der Mann, der für deine Ehre kämpfen wird«, sagte ich. »Ich bin der Held, von dem du geträumt hast. Wir werden für immer leben, und wir werden wissen, dass wir alles für die Herrlichkeit der Liebe getan haben. Du sorgst dafür, dass ich stehen bleibe.«

»Dass ich aufrecht stehe«, korrigierte Blank von hinten.

»Du hilfst mir durch alles hindurch«, sagte ich. »Ich bin immer stark, wenn du an meiner Seite bist.«

»Aha«, sagte Armin.

»Ich brauche dich«, sagte ich. »Niemals könnte ich es alleine schaffen. Ich bin der Mann, der für deine Ehre kämpfen wird, ich bin der Held, von dem du immer geträumt hast, wir werden für immer leben …«

»Den Refrain brauchst du nicht noch mal«, sagte Armin.

»Wir werden für immer leben«, sagte ich, »und wir werden wissen, dass wir alles für die Herrlichkeit der Liebe getan haben.«

Blank hatte sich vorgebeugt und sah mich von der Seite an. »Wie ein Ritter in schimmernder Rüstung aus einer längst vergangenen Zeit«, sagte ich sehr laut, »werde ich … was? … werde ich deinen Tag retten – oder so ähnlich – und dich auf mein weit entferntes Schloss bringen. Ich bin der Mann, der immer für deine Ehre kämpfen wird, ich bin ganz genau der Held, von dem du immer geträumt hast, wir werden für immer leben, für immer, und wir werden wissen, dass wir alles, absolut alles getan haben für die Herrlichkeit der Liebe, für die Herrlichkeit der Liebe«, der Sänger hörte nicht auf, das zu betonen, »für die Herrlichkeit der Liebe, wir haben alles getan, alles getan für die Herrlichkeit der Liebe«, sagte ich, und dann brach ich in Tränen aus.

Blank tätschelte mir die Schulter. Armin sah mich enttäuscht an. »Ich dachte, es geht um Karate«, sagte er.

Wir hielten an einer Tankstelle. Armin ging aufs Klo. Ich trank an einem Stehtisch Automatenkaffee. Blank ging durch die Tankstelle und betrachtete das Angebot, die eingeschweißten Brötchen, die Energie- und Joghurtdrinks, die Illustrierten, Frauenzeitschriften und Pornos und Motorsport, die Stofftiere mit Stoffherzen an den Pfoten, auf denen *Mama* stand oder dass sie einen lieb haben.

Als Armin wiederkam, sagte Blank: »Wir sollten Proviant kaufen.«

»Blank möchte was zu essen«, sagte ich, obwohl Blank nie etwas essen musste. Armin hatte es plötzlich eilig. »Lass mal«, sagte er und schob uns aus der Tankstelle.

»Gib Gas«, sagte er, als wir im Auto saßen. Ich fuhr los. Auf der Autobahn öffnete Armin seine Tasche, drei Joghurtdrinks und drei eingeschweißte Brötchen und mehrere Schokoriegel waren darin. »Wo kommen die denn jetzt her?«, fragte ich.

»Geklaut.«

»Was?«, fragte ich und gab vor Schreck noch sehr viel mehr Gas, wir wurden in unsere Sitze gedrückt. »Vorsicht!«, rief Blank und hielt sich an meiner Kopfstütze fest, »es sind ja nur Brötchen«, sagte er, »es war ja kein Bankraub.«

»Was sollte das?«, fragte ich. Armin biss in einen Schokoriegel. »Nur so«, sagte er kauend.

Ich fuhr so schnell, wie ich noch nie in meinem Leben gefahren war. »Gib mal eins«, sagte ich und griff, ohne den Blick von der Straße zu lassen, in Armins Tasche, zog ein eingeschweißtes Brötchen heraus und riss die Folie mit den Zähnen auf.

»Du hast sie ja nicht alle«, sagte ich mit der Folie zwischen den Zähnen. »Nun reg dich mal nicht auf«, sagte Armin.

Ich spuckte die Folie in den Fußraum und biss in das Brötchen. »Sie können ruhig vom Gas gehen«, sagte Blank, »wir sind kein Fluchtauto.«

»Doch«, sagte ich.

Wir kamen in der Nacht an. Armin hatte die ganze restliche Fahrt über Karatefilme mit Ralph McQuincey nacherzählt. Die Pension hieß *De vrolijke herder*, Armin hatte sie ausgesucht. Überall im engen Flur und in der Rezeption hingen, mit bunten Reißzwecken festgesteckt, riesige Fotos mit Sonnenauf- und Untergängen, sich wiegendem, hohem Gras, glitzernden Schneeflocken an Ästen und Regenbögen über Meeren, und auf jedem der Bilder stand ein geschwungener Satz, der vermutlich besinnlich gemeint war. Direkt neben dem Eingang hing ein großer Spiegel, über dem stand: *Hier siehst du den Menschen, der für dein Leben verantwortlich ist*. Ich sah in den Spiegel. Blank stand hinter mir. »Das ist sehr freundlich von Ihnen«, sagte ich. Blank lachte. »Von Ihnen auch.«

Wir hatten zwei Einzelzimmer. »Hätten Sie noch ein Zustellbett?«, fragte ich die Besitzerin, die aussah wie Jakobs uralte gläserne Großmutter. »Steht schon drin«, sagte sie. Armin grinste mich an. »Ich habe einfach an alles gedacht«, sagte er.

Auch in Blanks und meinem Zimmer hing ein Regenbogenfoto. Das Badezimmer war auf dem Gang. Das Bett war kurz, das Zustellbett noch kürzer. »Nehmen Sie das richtige Bett«, sagte ich und Blank war zu müde, um zu sagen, dass ihm das unangenehm sei und doch lieber ich das Bett nehmen solle. »Danke«, sagte er und legte sich hin. Ich putzte mir die Zähne und legte mich auf das Zustellbett. »Wecken Sie mich ruhig«, sagte Blank, »wenn was ist«, und dann schliefen wir ein.

Um drei Uhr morgens wachte ich auf. Ich knipste die Nachttischlampe an. Blank schlief fest, seine Füße in den schwarzen Lackschuhen hingen über dem Bettrand.

Das Licht im fensterlosen Flur war kaputt. Es flackerte in unregelmäßigen Abständen kurz auf, dann war es wieder stockfinster. Ich erinnerte mich, dass es fünf Türen im Flur gab, aber ich wusste nicht mehr, welches die Toilettentür war. Plötzlich hörte ich am Ende des Flurs ein unterdrücktes Husten.

»Ist da jemand?«, fragte ich.

»Ja«, flüsterte Armin und knipste seine Taschenlampe an. »Ich bin hier.«

Er saß vor der hintersten Tür und trug nichts außer einer gestreiften Schlafanzughose.

»Was machst du denn da?«

»Komm mal her«, sagte Armin. Ich ging zu ihm, er zog mich am Arm zu sich herunter. Ich setzte mich neben ihn. Armin legte den Arm um mich, deutete auf die Zimmertür vor uns und lächelte, als säßen wir auf einem Sofa und sähen seine Lieblingssendung. »Was denn?«, fragte ich.

»Nicht so laut«, flüsterte Armin und wedelte mit den Armen, »du weckst ihn noch auf.« Dann lehnte er sich wieder zurück und strahlte mich an. »Er ist da drin«, flüsterte er.

»Wer?«

»Ralph McQuincey.«

Ich wachte auf, weil Blank mir durch die Haare strich. »Wir verpassen gleich das Frühstück«, sagte er.

Ich setzte mich auf. »Drei Zimmer weiter wohnt ein Karatefilmstar«, sagte ich. »Armin sitzt vor seiner Tür und wartet, dass er rauskommt.«

»Haben Sie das geträumt?«

»Nein«, sagte ich, »er sitzt wahrscheinlich immer noch da.«

»Aber warum sollte ein Karatefilmstar in einer Pension in Zandvoort absteigen?«

»Ich habe nicht die leiseste Ahnung«, sagte ich und stieg aus dem Bett.

Wir gingen auf den Flur. Armin saß immer noch da.

»Bist du hundertprozentig sicher?«, fragte ich Armin.

»Tausendprozentig«, sagte Armin. »Ich habe gründlich recherchiert. Er ist in Zandvoort, er ist in diesem Hotel, und er ist in diesem Zimmer.«

»Aber warum?«, fragte ich.

»Weil es abwegig ist«, sagte Armin, »weil da keiner drauf kommt. Weil er hier nicht von Fans belagert wird.«

»Diese Rechnung ist wohl nicht ganz aufgegangen«, sagte Blank.

»Schau mich nicht so an«, sagte Armin zu mir, »ich bin kein Fan. Ich bin ein Jünger.«

»Hört man denn was, da drinnen?«, fragte ich.

»Nein.«

»Klopf doch mal.«

Armin sah mich entgeistert an. »Nein! Vielleicht meditiert er gerade.«

»Komm«, sagte ich, »wir gehen frühstücken.«

»Ich bleibe hier«, sagte Armin.

Armin blieb sitzen. Er blieb drei volle Tage lang vor der Tür sitzen, wir brachten ihm Kissen, Getränke, Essen und ein Hemd, wir versuchten, ihn zu überreden, wenigstens eine halbe Stunde mit herauszukommen, aber Armin sagte: »Dann verpasse ich ihn vielleicht. Ich habe keine Ahnung, wie lange er bleibt. Vielleicht kommt er nur raus, um abzureisen.«

Ich legte mehrmals am Tag mein Ohr an die Tür. Nie hörte man etwas. Einmal am Tag kam die Besitzerin hoch in den Flur, um Staub zu saugen, Armin hob die Beine, sie saugte um Armin herum. Ich fragte die Besitzerin, ob in dem Zimmer jemand wohne. Sie schüttelte den Kopf. »Die muss das sagen«, sagte Armin, »McQuincey ist inkognito.«

Armin war nicht von der Tür wegzubekommen. Tagsüber gingen Blank und ich am Meer entlang, ein paar Mal, weil wir es wollten, und ein paar andere Mal, weil es in Zandvoort sonst nicht viel zu tun gab, wir schätzten die Abstände falsch ein und kamen erst spät zurück, und zu jedem Abendessen setzten wir uns zu Armin in den Flur.

Am dritten Abend kamen Blank und ich erst gegen zehn zurück. Armin trank viel Bier und schlief davon ein, es gab also keinen Grund mehr, im Flur sitzen zu bleiben. Blank faltete meine leere Aluschale zusammen, es hatte Lasagne gegeben, Armin hatte seine nicht aufgegessen. Ich knipste die Nachttischlampe aus, die wir Armin in den Flur gestellt hatten. »Ihre Frau«, sagte ich, »wie ist die eigentlich so?«

Blank versuchte, den Pappdeckel auf Armins Lasagneschale festzumachen, aber die Lasagne war nicht wiederverschließbar. »Vielleicht sind Sie ihr mal begegnet«, sagte Blank. »Sie hat schwarze gelockte Haare, meistens hochgesteckt. Sie trägt nie Hosen, immer schmale Röcke, die knapp übers Knie gehen. Im Winter einen halblangen Kamelhaarmantel. Im Sommer Blusen, meistens mit Punkten. Sie ist nicht besonders groß, eher klein und ein wenig rundlich.« Er sagte das wie jemand, der auf einer Polizeidienststelle jemanden als vermisst melden möchte.

»Ich kann mich nicht erinnern«, sagte ich. »Was macht sie denn?«

Das Licht flackerte kurz, dann ging es wieder aus.

»Sie arbeitet bei *Schirms*«, sagte Blank, »einem Herrenausstatter im Zentrum.« Blank wickelte Armins Schale in eine Plastiktüte.

»Meine Frau lebt ganz in Ihrer Nähe.« Er sah mich an. »Sonst hätten wir uns vermutlich nie kennengelernt.«

Ich dachte an die Nacht, als ich Blank zum ersten Mal gesehen hatte, als ich das Badezimmer gestrichen und versucht hatte, ein Land mit X zu finden. »Was haben Sie eigentlich in meinem Hausflur gemacht?«

»Ich wollte mich nur kurz ausruhen«, sagte Blank. »Die Haustür war angelehnt, und ich war müde. Eigentlich wollte ich dann gleich weiter zu meiner Frau.«

»Und dann?«

Blank lächelte. »Dann sind Sie mir begegnet.« Er machte einen Knoten in die Tüte mit Armins Lasagne und war plötzlich etwas verlegen. »Sie haben auch müde gewirkt. Sehr müde. Und dann kam mir die Idee, dass ... dass ich ein wenig nach Ihnen sehen könnte. Und Sie nach mir.«

Ich griff Blanks Hand, mit der er jetzt einen zweiten Knoten in die Tüte machte. »Eine sehr gute Idee«, sagte ich.

Das Licht im Flur flackerte, dann ging es wieder aus. »Aber warum haben wir uns nie gesehen, wenn Sie ganz in der Nähe gewohnt haben?«

»Wie das so ist«, sagte Blank, »manchmal trifft man sich erst sehr spät.«

»Und Ihre Frau? Haben Sie keine Angst, dass wir ihr plötzlich begegnen könnten?«

»Nein«, sagte Blank, »ich weiß, wann man ihr wo begegnen kann und wann nicht. Ich kenne die Zeiten meiner Frau.« Er sagte das, als sei seine Frau ein astronomisches Ereignis.

»Wie lange waren Sie verheiratet?«

Armin wachte auf und deutete auf die Zimmertür. »Hab ich was verpasst?«

»Nein«, sagte ich.

»Sechsunddreißig Jahre«, sagte Blank.

»Das ist länger, als ich lebe«, sagte ich.

Armin rieb sich die Augen. »Was ist länger, als du lebst?«

»Blanks Ehe.«

»Ach so«, sagte Armin. »Und? War's eine glückliche Ehe?«

Blank guckte auf seine Handflächen. »Sie hat mich relativ oft betrogen«, sagte er. Armin guckte mich an. »Er kann ruhig mithören«, sagte Blank.

»Betrogen hat sie ihn«, erklärte ich.

»Mit wem?«, fragte Armin. Blank stellte die Tüte mit der Lasagne auf den Boden, atmete aus, als habe er gerade sehr lange die Luft angehalten, und machte eine abwinkende Geste. »Mit dem Herrenausstatter, mit den Kunden des Herrenausstatters, mit dem Sohn eines Kunden des Herrenausstatters und mit einem meiner Studenten.«

Blank hatte als Dozent an der Uni gearbeitet, er hatte Studenten das kleine und das große Latinum beigebracht, erklärte ich Armin. »Manche waren wirklich begabt«, sagte Blank, und ich sagte es weiter, »manche haben sehr schöne Übersetzungen abgeliefert.«

»Sagen Sie mal eine schöne Übersetzung«, sagte Armin.

Blank richtete sich auf. »Ich glaube, nunmehr einiges Wesentliche über den Wert und Nutzen der Provinz sagen zu müssen.« Ich wiederholte das und bemühte mich, es mit der gleichen Ergriffenheit zu sagen wie Blank.

»Was soll denn daran bitte schön sein?«, fragte Armin, und Blank sagte: »Das hat meine Frau auch immer gefragt.«

»Woher wissen Sie das mit dem Betrügen?«, fragte Armin, »hat sie Ihnen davon erzählt?«

Das Licht im Flur flackerte. »Teilweise«, sagte Blank. »Einmal habe ich aber auch ihren Schreibtisch durchsucht. Da bin ich auf Briefe gestoßen, die an Eindeutigkeit nichts zu wünschen übrig ließen. Vielmehr ließen sie nichts zu hoffen übrig.«

»Blank hat Briefe gefunden«, sagte ich.

»Wenn man Briefe findet, hat man sie vorher gesucht«, sagte Armin.

»Ja«, sagte Blank, »man fängt in solchen Situationen an, Dinge zu tun, von denen man dachte, dass man sie nie tun würde.«

Das Licht flackerte.

»Ich wäre ausgerastet«, sagte Armin, »wenn mich eine betrügt, raste ich aus.« Er sagte das zu mir, als würden wir gerade die Grundregeln unserer Ehe verhandeln. »Und was haben Sie mit den Briefen gemacht?«, fragte er, »ins Lateinische übersetzt oder was?«

Blank schwieg. »Warum sind Sie nicht weggegangen?«, fragte Armin.

Blank deutete auf die Zimmertür. »Warum gehen Sie denn nicht weg?«

»Weil er sie geliebt hat, du Idiot«, sagte ich.

»Das stimmt«, sagte Blank, »das ist aber nicht immer ein Argument.«

Dann wurde es plötzlich sehr hell. Es wurde hell, weil die Zimmertür, vor der Armin seit Tagen saß, geöffnet wurde. Ich blinzelte. Im Türrahmen erschien ein Mann, der sehr groß war, ziemlich dick und blond. Er trug nichts außer T-Shirt und Boxershorts.

Armin sprang auf. »Dear Mr. McQuincey«, sagte er. »I was waiting for you. I was waiting for you three days and three nights.« Man merkte, dass Armin diesen Text vorher auswendig gelernt und jetzt nur noch die richtige Zahl hatte einsetzen müssen.

»I arrived this morning«, sagte Mr. McQuincey, »you were sleeping.«

Blank und ich standen auf. »My name is Armin Golling, and here is friends«, sagte Armin. Er bebte vor Aufregung. »Here is Katja Wiesberg.« Das Licht im Flur flackerte wieder. »She is nice girl, but she have … she have Wackelkontakt with Realität.« Armin stieß mich in die Seite. »Was heißt denn Wackelkontakt? Und Realität?«

»Defective contact«, sagte ich und schüttelte McQuinceys Hand, »defective contact with reality.«

»And hier«, Armin deutete in Blanks Richtung, »hier is Dr. Friedrich Blank. No matter not to see.«

Mr. McQuinceys Gesicht war verquollen und rot gefleckt, er hob die Augenbrauen, sah von einem zum anderen und lange auf die Stelle, wo Blank stand. »Nice to meet you«, sagte er. Er hatte eine unglaubliche Fahne.

»So«, sagte Armin, »we swim?«

Mr. McQuincey sah auf seine Armbanduhr. »It's in the middle of the night«, sagte er und rülpste. »Sorry.«

»Yes«, sagte Armin und machte Brustschwimmbewegungen, »we swim?«

McQuincey atmete tief ein, ich stand direkt vor ihm und

hielt, als er ausatmete, die Luft an. Er stützte sich mit einem Arm am Türrahmen ab, legte den Kopf auf den Oberarm und überlegte. Sein Gesicht war nahe an seiner Achselhöhle. McQuincey rümpfte die Nase.

»Okay«, sagte McQuincey »why not. Why not go swimming.«

Wir gingen zum Strand. Armin und Mr. McQuincey gingen ein paar Meter vor Blank und mir. McQuincey trug ein zusammengerolltes Handtuch unter dem Arm, er hatte sich außer Badelatschen nichts Weiteres angezogen, es war eigentlich viel zu kalt für T-Shirt und Boxershorts, aber McQuincey sah nicht aus, als würde er frieren. Er sah aus, als habe er überhaupt noch nie gefroren. Armin hatte die Tüte mit den Resten seiner Lasagne in der Hand und war hingerissen, er redete aufgeregt und wild gestikulierend auf McQuincey ein. Weil sie weit vorne waren, konnte man nicht viel verstehen, und wahrscheinlich verstand McQuincey auch nicht viel. Ab und zu drehte Armin sich um und rief mir ein Wort zu, dann rief ich die Übersetzung zurück, »amazing«, rief ich, »unbeatable«, »brillant«, »great«, »supernatural« und »seven times«. McQuincey hörte Armin zu, nickte und sagte nicht viel. Manchmal hörte man ihn auflachen oder einen einzelnen Satz sagen, er hatte eine sehr laute Stimme. »You've really seen that one?«, fragte er mehrmals, »Yes, that was back in the seventies«, sagte er einmal, »Good gracious – you really remember that?«, fragte er und lachte dröhnend.

Blank ging in seinen Lackschuhen neben mir durch den Sand. Armin war beim Gestikulieren die Tüte mit der Lasagne aus der Hand gefallen, er war zu begeistert, um es zu bemerken, ich sammelte die Tüte ein. »Jetzt ist er sehr glücklich«, sagte ich zu Blank.

»Ja«, sagte Blank, »ich glaube, Mr. McQuincey ist schon lange nicht mehr derartig bewundert worden.«

Nahe am Ufer legten wir unsere Handtücher in den Sand. Es war nach Mitternacht, niemand außer uns war hier, die Nacht war wolkenlos und der Mond fast voll. Ich zog meine Schuhe aus, der Sand war rau und kalt, man wurde sehr wach davon.

»Show me, please«, sagte Armin und setzte sich auf sein Handtuch. McQuincey zögerte. Er sagte, er wisse nicht, ob er das noch könne, es sei lange her, und außerdem, sagte er, habe er es in Wirklichkeit nie richtig gelernt.

»Er ist etwas aus der Übung«, erklärte ich.

»Oh, no matter«, sagte Armin.

Blank und ich setzten uns neben Armin. McQuincey nahm Aufstellung vor dem Meer. Er hüpfte auf und ab, sein Bauch und seine Backen wackelten. Dann lehnte er sich nach vorn, winkelte ein Bein an, spreizte einen Arm ab, blieb so, ziemlich schwankend, stehen und sah aus wie eine stämmige Ente, die vorgeben wollte, ein Flamingo zu sein.

Ich dachte an eine Dermatologin, bei der ich vor zwanzig Jahren gewesen war, damit sie mir etwas Verlässliches gegen Pickel verschrieb. Wegen der Pubertät war ich etwas dick gewesen und hatte die Dermatologin gefragt, wie man auf gesunde Weise abnehmen könne. Die Dermatologin hatte mich von oben bis unten angesehen. »Versuchen Sie's gar nicht erst«, hatte sie dann gesagt, »man kann aus einem Bernhardiner keinen Windhund machen.«

McQuincey verharrte kurz in seiner Flamingostellung, dann kippte er um. »I definitely drank too much tonight«, sagte er.

»Er muss erst warm werden«, sagte ich.

Armin nickte verständnisvoll. McQuincey stand auf, schüttelte Arme und Beine aus und nahm ein paar tiefe Atemzüge. Dann sprang er erstaunlich hoch und trat in der Luft mit dem rechten Bein aus. Armin klatschte frenetisch, und vor lauter Überraschung über seinen hohen Sprung klatschte McQuincey mit. Dann machte er Armbewegungen, die aussahen, als wollte er jemanden verscheuchen, den man nicht sehen konnte, er machte einen Satz nach vorn, sprang wieder hoch, stolperte und fiel auf den Hintern.

Wir applaudierten. McQuincey wischte sich den Schweiß von der Stirn.

»I would like to do that, too«, sagte Blank und stand auf.

»Mr. Blank would like to do that, too«, sagte ich.

McQuincey sah mich erstaunt an. »Mr. Blank?« Ich nickte. McQuincey schlug sich an die Stirn. »Oh, of course«, sagte er, »Mr. Blank«, und gab zu bedenken, dass er Blank aber nicht sehen könne, er sah Armin an und deutete mit Zeige- und Mittelfinger auf seine Augen und zuckte die Achseln.

»Die größten Kämpfe sind die gegen die Gegner, die wir nicht sehen, mein Sohn«, sagte Armin und sah mich auffordernd an. Ich übersetzte es, so gut es ging.

»You say this in *Storms of Thunder*«, sagte Armin. McQuincey lachte auf. »You've seen that?«, fragte er und schaute dann auf eine Stelle knapp neben mir. »Okay then, Mr. Blank.«

»He is right in front of you«, sagte ich.

McQuincey stellte einen Fuß vor, streckte beide Hände in Blanks Richtung und begann ihn zu umkreisen. Blank nahm die gleiche Haltung ein und umkreiste McQuincey. Manchmal machte McQuincey einen schnellen Schritt nach vorne, dann wich Blank zurück. McQuincey stieß einen abgehackten, röhrenden Laut aus, wie mein Vater es früher bei der Sportschau getan hatte. »Das ist ein Kampfschrei«, erklärte Armin.

Armin und ich saßen nebeneinander im Sand, ich sah zu, wie Blank in seinem Anzug und McQuincey in seinen Boxershorts sich umkreisten. Armin sah mich an, er tat, als wollte er sich strecken, und legte dann einen Arm um mich. Weil McQuincey öfters einen schnellen Schritt nach vorne machte und Blank ihm auswich, kreiselten sie langsam nach rechts.

Armin packte meinen Zopf und wickelte ihn um seine Hand. Mein Kopf kippte nach hinten. Armin lächelte, ich wickelte seine Hand aus meinen Haaren und legte sie auf sein Bein. McQuincey sprang hoch in die Luft und trat aus, Blank tat dasselbe, beide fielen hin, Blank lachte laut, McQuincey lachte dröhnend, schlug mit der Faust in den Sand und grinste in Blanks Richtung. »You hit me«, rief er.

McQuincey stand auf und lief Richtung Meer, im Laufen zog er sein T-Shirt aus, ließ es ein paar Mal über seinem Kopf kreisen und warf es dann hinter sich. Armin zog sich schnell aus und lief hinterher.

Blank stand etwas abseits von mir und sah zum Wasser. Einen Moment lang war er unschlüssig, dann zog er seine Schuhe aus, die Strümpfe, die Hose. Man sah, dass er das alles sehr lange nicht mehr getan hatte. Er legte das Jackett ab, knöpfte das Hemd auf und zog sich das Unterhemd über den Kopf. Er legte alles ordentlich zusammen und nahm dann die Brille ab. Bis auf seine weiße Unterhose stand Blank jetzt nackt da und spindeldürr. Die lange Narbe, die senkrecht über seine Brust lief, sah frisch aus.

Blank schaute an sich herunter. Er schaute sich an, als sei das, was er sah, nicht sein Körper, sondern eine nur durchschnittlich gute Übersetzung aus dem Lateinischen. Er blickte kurz zu mir herüber. Dann lief er ins Meer.

McQuincey, draußen im Wasser, stieß einen Schrei aus und deutete auf Armins Brust, umarmte Armin dann fest und hob ihn hoch. Blank lief mit großen Schritten zu den beiden hin, sprang im Wasser auf und ab und stürzte sich dann kopfüber hinein, tauchte wieder auf, ich hörte ihn lachen und prusten.

Ich wickelte Armins Lasagne aus und aß sie auf, McQuincey hob Armin wieder in die Luft und schmiss ihn ins Wasser, Armin johlte, rappelte sich hoch und stürzte sich auf McQuincey, Blank ließ sich immer wieder rücklings ins Wasser fallen, tauchte wieder auf und winkte mir mit beiden Armen zu, ich winkte zurück und fand, dass all das ausdrücklich gegen einen geheimen Plan vom Hinterhersterben und für ein bereitstehendes Leben sprach. Ich nahm mein Telefon, es war in meiner Jackentasche, zusammen mit Jakobs *Tears-Again*-Fläschchen. Das Telefon leuchtete auf, als ich die Tasten entsperrte, und ich freute mich, dass der Erste, dem ich erzählen wollte, dass das Leben aufgehört hatte, nicht mehr bereitzustehen, nicht Jakob war.

»Hast du schon geschlafen?«, fragte ich Evelyn. »Nein«, sagte sie, »wie geht es dir?«

»Evelyn«, sagte ich. »Du wirst es nicht glauben. Ich bin mit einem Feuerwehrmann, der, glaube ich, kein echter Feuerwehrmann ist, einem versoffenen Karatefilmstar und einem toten Altphilologen am Strand. Gerade sind alle schwimmen.«

Evelyn sagte nichts, und dann: »Soll ich nach Hause kommen?«

»Evelyn«, sagte ich und lachte und musste plötzlich weinen. »Evelyn, es ist schön hier. Habe ich dir eigentlich mal von der Dermatologin erzählt?«

»Ich fürchte, nein.«

Ich erzählte Evelyn, was die Dermatologin vor zwanzig Jahren über mich und Windhunde und Bernhardiner gesagt hatte.

»Frechheit«, sagte Evelyn.

»Bei der fahre ich mal vorbei«, sagte ich. »Der erzähle ich mal was. Die wird sich noch wundern.«

»Ist wirklich alles in Ordnung?«

»Ja«, sagte ich, »und bei dir?«

»Bei mir ist alles gut«, sagte Evelyn. »Es gibt nur eine Sache, die ich vermisse.«

»Mich.«

»Marzipankartoffeln. Versprich mir, dass du nicht alle aufisst. Seit es den Psychiater gibt, schenkt mir keiner mehr welche. Schon gar nicht auf Island. Weißt du, was ich gerade mache?«

»Einem Vulkan beim Ausbrechen zusehen.«

»Ich bin im Hotel und übersetze.«

»Auf Island?«

»Bengt findet mich überall.«

»Bengt«, sagte ich, »Bengt. Was ist denn das überhaupt für ein Name. Der wird sich auch noch wundern. Und seine blöde neue Englischübersetzerin auch.«

»Du bist ein bisschen kampfeslustig, was?«, fragte Evelyn. »Und wie war das jetzt mit dem Karatestar und dem Feuerwehrmann? Wer schwimmt?«

»Ich muss auflegen«, sagte ich, »kommst du bald wieder?«

Blank kam aus dem Wasser, eingerahmt von Armin und McQuincey. Sie hatten tatsächlich fast genau die gleiche Tätowierung an genau der gleichen Stelle, auch wenn McQuinceys weniger verschnörkelt war.

McQuincey ließ sich in den Sand plumpsen, nahm sein Handtuch und begann sich abzutrocknen, besonders ausführlich zwischen den Zehen. Armin stellte sich neben mich und tropfte. »Alles okay?«, fragte er und strubbelte mir durch die Haare. »Ja«, sagte ich und schaute in den wolkenlosen Himmel, »heute Nacht ist es sehr klar.« Armin küsste mich auf den Kopf und rannte weg. »Ich laufe mich trocken«, rief er über die Schulter.

Blank war ein paar Schritte neben uns stehen geblieben. Er hatte die Schultern hochgezogen und die Arme um den Oberkörper geschlungen. In seinen Haaren glitzerten Wassertropfen. Ich hielt ihm Armins Handtuch hin. Er schüttelte den Kopf.

Ich stand auf. »Was ist denn?«, fragte ich. Blank zitterte. Zuerst glaubte ich, dass er einfach fror, und dann merkte ich, dass er weinte.

»Blank«, sagte ich und legte ihm vorsichtig die Hand auf die Schulter. Er zuckte zusammen, ich nahm meine Hand wieder weg. Blank schlug seine Hände vors Gesicht.

»Ich vermisse das alles«, sagte er. »Sie werden nicht glauben, wie ich alles vermisse, und ganz besonders vermisse ich all das, was ich schon immer vermisst habe, das Meer zum Beispiel«, sagte Blank zwischen seinen Händen und schlotterte jetzt am ganzen Leib, »ich bin nicht genug am Meer gewesen, verstehen Sie, ich vermisse auch das, was ich nie gekannt habe, Karate zum Beispiel, ich vermisse den Mond und diese Lasagneschale, ich vermisse es, meine Schuhe an- und auszuziehen, ich vermisse den Ablativ«, Blank holte Luft und schluchzte, »ich vermisse es, eine Mücke ins Auge zu kriegen, Hunger vermisse ich, Hunger vermisse ich sehr, ich vermisse meine Frau und Schnee«, sagte er, löste die Hände vom Gesicht und hielt sich an seinen Oberarmen fest. »Ich vermisse die nichtssagenden Topfpflanzen in meinem Büro, ich vermisse Gewitter, den Geruch von Matrizen, ich vermisse meine Studenten, die alle das Latinum nur gemacht haben, weil es prüfungsrelevant war, ich vermisse sogar, dass ihr Latinum durch mich auch nicht interessanter wurde, ich vermisse das Geräusch eines Schlüssels in einer Wohnungstür, ich vermisse es, noch mal nachsehen zu müssen, ob der Herd noch an ist, weil sie immer, immer, immer den Herd angelassen hat«, Blank fuhr sich über die Augen, »meine Frau, meine ich, natürlich nicht immer, aber viel zu oft, den Herd angelassen, meine ich, ich vermisse es, nachts mit hinter dem Rücken verschränkten Händen am Wohnzimmerfenster zu stehen, ich vermisse es, Überweisungsformulare auszufüllen, ich vermisse ein Völlegefühl und Musik, sogar ganz unerträgliche Filmmusik vermisse ich, ich vermisse das Bedürfnis, ein frisches Hemd anziehen zu wollen, und das Gefühl, ein frisches Hemd anzuziehen, die Angst, irgendwann sterben zu müssen, die unglaublich hässlichen Pullover von Apothekern, ich vermisse Hühnerfrikassee und Geheimzahlen, den Wind, das Warenangebot in Tankstellen, die wirklich anrührende Komposition des Warenangebots in Tankstellen, und außerdem«, Blank nahm die Hände vom Gesicht, Fäden spannten sich zwischen seinen Fingern, »Verzeihung«, sagte er und wischte sich die Hände an den Beinen ab, »und außerdem vermisse ich Sie und Ihr seltsames Leben, und auch an Ihnen vermisse ich, was ich nie gekannt habe, ich vermisse Ihre Hochzeit, ich vermisse Ihren Ehemann, Ihren Ehemann, den vermisse ich, ich vermisse aber auch Ihren unangenehmen Chef und ich vermisse das, was Ihnen übrig bleibt, den geklebten Flamingo und den Feuerwehrmann und die absonderliche Hornhautraspel.«

Blank fuhr sich durch die Haare, immer wieder, als habe ihm jemand eine Frisur gemacht, mit der er nichts zu tun haben wollte.

»Und Sie«, sagte ich.

»Mich vermisse ich auch«, sagte Blank, »mich vermisse ich, und Sie vermisse ich, wissen Sie, Sie liegen mir am Herzen«, er strich sich über die Narbe auf der Brust, »Sie liegen mir wirklich am Herzen.«

Ich schloss Blank in die Arme und hielt ihn fest, wie Jakob mich in seinem Zelt festgehalten hatte, kurz bevor sein Telefon eine neue Nachricht gemeldet und das Verschwinden längst begonnen hatte.

»Sie sind doch aber da, Blank«, sagte ich, »Sie sind doch aber ganz genau hier.«

Blank lächelte mich an, wie man ein Kind anlächelt, das behauptet, an Weihnachten könnten alle Tiere sprechen.

»Sie liegen mir auch am Herzen«, sagte ich an Blanks faltigem, nassem Hals, »Sie liegen mir so sehr am Herzen wie niemand sonst.« Blank strich mir über das Gesicht, über die Augen, die Nase und den Mund, als wollte er etwas regelmäßig verteilen, und dann kam Armin angerannt. Er stieß McQuinceys Kampfschrei aus und sprang von hinten auf meinen Rücken, wir fielen alle um und auf McQuincey, der immer noch ganz versunken war in das gründliche Abtrocknen seiner Zehenzwischenräume.

Blank schlief, er hatte sich, als wir vom Strand zurückgekommen waren, sofort hingelegt. Armin und ich standen vor seinem Bett, ich strich Blank durch die Haare, sie waren voller Sand. McQuincey war in sein Zimmer gegangen. »Your girlfriend is a very peculiar person«, hatte er vorher zu Armin gesagt und mich damit gemeint. Armin hatte mich fragend angesehen, und ich hatte gesagt: »Er findet mich liebenswert.«

»Bist du müde?«, fragte Armin jetzt. Es war zwei Uhr nachts, und ich war nicht im Geringsten müde. »Dann lass uns einen McQuincey anschauen, ich hab alles dabei«, sagte Armin und ging zur Tür.

Ich war an Blanks Bett stehen geblieben. »Na komm«, sagte Armin und winkte mich zu sich her, mit großer Geste und ungeduldig, als sei ich ein Kind, das nicht vom Spielplatz will, »jetzt komm halt mit.«

Wir gingen über den Flur in sein Zimmer. Es sah genau so aus wie Blanks und mein Zimmer, mit dem Unterschied, dass über seinem Bett ein springender Delfin mit etwas Besinnlichem hing. Unter dem Bett schaute ein kleines Stück von einem Bilderrahmen hervor. Armin trat den Rahmen unter das Bett.

Ich schob Armin zur Seite, kniete mich hin und zog ein golden gerahmtes, mittelgroßes Gemälde unter Armins Bett hervor. Es zeigte einen üppigen Hahn auf einer bewaldeten Anhöhe. Unten am Rahmen war ein goldenes Schildchen befestigt, auf dem stand: *Der pünktliche Hahn*. Ich legte mich auf den Boden und holte alles hervor, was noch unter Armins Bett war: ein zusammengerollter Teppich, eine Vase und ein zusammengeklappter Teewagen.

Armin hatte sich auf einen Sessel gesetzt und mir zugesehen. Ich stand auf.

»Woher ist das?«

»Aus einem Bungalow«, sagte Armin.

»Wann warst du da?«

Armin verdrehte die Augen. »Heute. Kurz bevor ihr wiedergekommen seid.«

»Ich dachte, du hast ständig vor McQuinceys Tür gesessen.«

»Ich war nervös, weil ich dachte, vielleicht ist alles schiefgegangen und er ist doch nicht hier. Stressabbau, verstehst du?«

»Du klaust, um Stress abzubauen?«

»Ja«, sagte Armin, »aber wirklich nur manchmal. Und nur in absoluten Ausnahmesituationen.«

Ich stellte mich vor ihn hin. »Bin ich immer gut mit gefahren«, sagte Armin, »ist nie was passiert. Und, mein Gott, das vermisst doch keiner, ist doch alles wertloses Zeug.«

»Du bist so was von bescheuert«, sagte ich. Ich hatte das noch nie zu jemandem gesagt. »Du solltest dich dringend mal behandeln lassen.«

Armin stand auf. »Wenn hier einer behandelt gehört, dann du«, sagte er, »du mit deinen ewigen Bedenken und Einwänden. Weißt du was, du solltest dringend mal Sex haben, so unentspannt, wie du bist, aber ich weiß ja«, er wedelte mit den Händen in der Luft herum wie ein Spinnenphobiker vor einem Spinnenterrarium, »Sex ist das Allerheiligste, den hat man nur mit Leuten, mit denen alles für immer sein soll, auch wenn die erst mit anderen vögeln und einem dann wegsterben.«

Ich holte aus und schlug Armin mit der flachen Hand ins Gesicht. Ich hatte noch nie irgendjemanden irgendwohin geschlagen, ich dachte an McQuincey und daran, wie erstaunt er über seinen unverhofft hohen Karatesprung gewesen war, und holte noch mal aus. Armin fing meine Hand ab und küsste mich, ich dachte, vielleicht ist auch das aus einem Karatefilm, die Hand von jemandem abfangen und ihn dann küssen, wir stolperten gegen den Schrank, Armin presste sich an mich und ich küsste ihn zurück, weil ich nicht nur meine Ohrfeige erstaunlich fand, sondern auch die Art, wie Armin mich küsste.

Es klopfte. »Es klopft«, sagte ich. Armin lächelte mich an. »Das will ich hoffen«, sagte er. Es klopfte wieder, diesmal lauter. Ich schob Armin von mir weg, stieg über den Teewagen und ging zur Tür. Draußen stand McQuincey. Seine Augen waren glasig. »You want to go swimming again?«, fragte er.

Ich sagte, dass Schwimmen leider nicht gehe, da Armin und ich jetzt einen Ausflug zu den Bungalows machen würden. Armin, der die Wörter »Armin« und »Bungalows« verstanden hatte, ließ sich stöhnend in den Sessel fallen. McQuincey fragte, ob er uns begleiten dürfe, er habe gerade nichts anderes vor, auch zu schlafen habe er nicht vor, das Karatetraining sei so anregend gewesen.

Ich setzte mich an Blanks Bettrand und strich ihm über den Arm. Blank, der sonst immer sofort hellwach war, brauchte jetzt lange, um die Augen zu öffnen.

»Entschuldigung«, sagte ich. »Es ist so. Armin ist heute Abend in einen von diesen Ferienbungalows eingebrochen.«

»In einen leer stehenden Ferienbungalow«, sagte Armin, der mit McQuincey im Türrahmen stand.

Ich strich immer noch über Blanks Arm. »Wir sollten die Sachen zurückbringen, bevor jemand etwas merkt.«

Blank richtete sich auf und strich sich über die Augenbrauen, dadurch rutschte seine Brille, die im Schlaf nach rechts verrutscht war, nach links. »Er ist da eingebrochen?«

»Ja«, sagte ich, »zum Stressabbau«, und warf Armin einen Blick zu, in den ich möglichst viel Verachtung legte.

»Jawohl, zum Stressabbau«, sagte Armin und schlug gegen den Türrahmen, »na und? Andere machen Yoga.«

Blank rückte seine Brille zurecht. »Geben Sie mir doch bitte mal Papier und Stift«, sagte Blank.

Blank wollte einen genauen Plan des Bungalows und des Weges dorthin zeichnen. »Aber der Weg ist einfach immer nur geradeaus«, sagte Armin, »und ich weiß auch genau, wie der Bungalow von innen aussieht.«

»Trotzdem«, sagte Blank, »Pläne beruhigen.«

Als wir losgingen, war es halb drei. Kein Mensch war mehr auf der Straße, Blank fand, man dürfe sich trotzdem nicht in Sicherheit wiegen, wegen der holländischen Fenster, die groß und gardinenlos waren.

Bis auf McQuincey gingen wir alle schnell und mit gesenkten Köpfen. Armin trug seine Reisetasche mit der Vase, dem zusammengerollten Teppich und dem Gemälde, McQuincey trug den Teewagen, den ich in Armins Laken eingeschlagen hatte, Blank hielt den beruhigenden Plan in den Händen, als sei der das eigentliche Diebesgut. Weil McQuincey betrunken war, wickelte er auf halber Strecke den Teewagen aus, klappte ihn auf und benutzte ihn als Gehhilfe. Die Räder lärmten in der Stille, ich sagte, dass der Teewagen viel zu laut sei, und McQuincey klappte ihn seufzend und umständlich wieder zusammen und stützte sich stattdessen auf mich, weil ich zufällig neben ihm ging. Blank blieb stehen, konsultierte seinen Plan und deutete dann nach vorne. »Immer geradeaus.«

»Was Sie nicht sagen«, sagte Armin.

Weil ich zufällig neben ihm ging, redete McQuincey auf mich ein. Er erzählte mir sein Leben, und weil er betrunken war, erzählte er es so, wie Armin Karatefilme erzählte. Ich sagte mehrfach, dass er mir sein Leben vielleicht besser morgen erzählen solle, weil man auf dem Weg zu einem Einbruch nicht bei Lebensgeschichten mitfiebern kann, aber McQuincey hörte nicht auf zu reden. Er erzählte, dass er sich, weil es in Amerika nicht mehr so gut laufe, eine neue Existenz in Zandvoort aufbauen wolle, er habe sich für Zandvoort entschieden, da seine verstorbene Mutter aus Zandvoort gestammt und immer davon geschwärmt habe. Zandvoort, sagte er, sei das verlorene Paradies seiner Mutter gewesen, und ich sagte, dass er dringend ein wenig leiser sprechen müsse. McQuincey flüsterte jetzt sehr laut, dass ihm zwar für ein neues Leben das nötige Startkapital fehle, weil es in Amerika in letzter Zeit eben nicht mehr so gut laufe, und dass er aber hoffe, in Zandvoort ein neues Leben zu finden, das nicht viel Startkapital brauche, das Leben eines Bademeisters zum Beispiel, da brauche man ja wahrscheinlich nur eine erschwingliche Badehose und ein Zertifikat, was kein Problem sein dürfte, sagte McQuincey, denn, wie ich ja gesehen hätte, sei Wasser sein Element.

»Was sagt er?«, fragte Armin jetzt doch, er hatte es die ganze Zeit ausdrücklich nicht gefragt, weil er die ganze Zeit ausdrücklich gelangweilt hatte tun müssen, als sei es das Langweiligste auf der Welt, einzubrechen, um geklaute Sachen zurückzubringen.

»Dass er sich gerade beruflich neu orientiert«, erklärte ich, und Blank sagte: »Das muss es sein.«

Er deutete auf einen der sechs gleichförmigen Bungalows, die versetzt nebeneinander standen, umgeben von kleinen Hecken, die so akkurat geschnitten waren, dass man glaubte, hier habe jemand nicht mit einer Gartenschere, sondern mit einem zahnärztlichen Instrument gearbeitet. Der Bungalow, in den Armin eingebrochen war, schien tatsächlich unbewohnt, er sah hohläugig aus, aber vor den angrenzenden Bungalows standen Autos, und im rechten angrenzenden Bungalow brannte ein schwaches Licht im oberen Stockwerk.

Der Gedanke, die Sachen aus dem Bungalow wieder zurückzubringen, war ein guter Gedanke gewesen, aber der dunkle Bungalow, vor dem wir jetzt standen, war sehr viel konkreter als ein guter Gedanke. In den Bungalow einzubrechen, war kein guter Gedanke, und ich fand plötzlich, dass die Rückgabe von wertlosem Zeug nicht das Risiko wert und Armin mit Einbrüchen statt Yoga schließlich immer gut gefahren war, und womöglich, dachte ich, würden wir mit einem Rückgabeeinbruch nicht gut fahren und stattdessen erwischt werden und in Gewahrsam und Teufels Küche kommen. Ich dachte an Evelyn, die mir immer nahegelegt hatte, eine Wut auf Jakob zu entwickeln, und deshalb einen Aggressionstest mit mir gemacht hatte, einen Aggressionstest, den Evelyns Psychiater in seinem Buch abgedruckt hatte. Der Test hatte ergeben, dass mein Aggressionspotential bei minus acht lag, und mit einem Aggressionspotential von minus acht ist mit Einbrüchen nicht zu rechnen.

»Das Ganze ist vielleicht doch etwas heikel«, sagte ich, »wir kommen in Teufels Küche.«

»Das ist überhaupt nicht heikel«, sagte Armin, »es ist so einfach, dass es langweilig ist, und wir kommen auch nicht in Teufels Küche, sondern in den verdammten Bungalow.« Er sagte das, als sei Teufels Küche ein erstrebenswerter Ort, als fände in Teufels Küche gerade ein rauschendes Fest statt, das er verpasste, weil er mit uns in einer Nichtraucherdisco herumstehen musste.

»Blank, was meinen Sie?«, fragte ich, weil Blank schließlich einen beruhigenden Plan hatte. Blank sah auf den Kiesweg, der zum Bungalow führte. Es war ein Kiesweg, der, sobald man ihn betrat, viel Lärm machen würde. Blank hob die Arme und sah mich skeptisch an. »Blank meint, das wird schon gut gehen«, sagte ich, ich sagte es vor allem, um mich zu beruhigen, »er meint, das Risiko sei verschwindend.«

»Da haben Sie mich missverstanden«, sagte Blank, und Armin sagte: »Sag ich doch.«

Wir gingen über den lärmenden Kiesweg und um den Bungalow herum. Ein Fenster auf der Rückseite war gekippt. »Es ist so was von lächerlich einfach«, sagte Armin, holte zwei Drahtkleiderbügel aus seiner Tasche und baute daraus etwas, das aussah wie eine bedauernswerte Angel. Armin schlängelte das Kleiderbügelinstrument durch den Fensterschlitz, zog den Fenstergriff hoch und stieß das Fenster auf. »Bitte sehr«, sagte er, »man muss nicht mal groß klettern.«

Armin schwang sich über die Fensterbank. McQuincey setzte sich schwerfällig auf den Rasen und sagte, er würde Schmiere stehen. McQuincey sah nicht aus wie ein verlässlicher Wachposten, aber weil Armin mich ansah wie jemand mit einem Aggressionspotential von plus neun, sagte ich das nicht und stattdessen, dass Blank und ich dann jetzt auch reinkämen.

»Tut das«, sagte Armin.

»Ich kann auch hier bleiben und Mr. McQuincey unterstützen, wenn Ihnen das lieber ist«, sagte Blank. »Bei einem Einbruch ist gewissenhaftes Schmierestehen das A und O.« Ich nickte. Blank überreichte mir seinen Plan wie ein Testament.

Ich kletterte durch das Fenster und war im Wohnzimmer. Der fast volle Mond sorgte für ein dämmriges Licht, und es roch nach abgestandener Zitrusfrische. Über einer senffarbenen Couchgarnitur hingen mehrere Gemälde, Armins *pünktlicher* Hahn war Teil einer Serie. *Der stolze Hirsch* hing dort, *Der kraftvolle Keiler* und *Der wachsame Fuchs*, alle standen sie auf der gleichen bewaldeten Anhöhe. Ich dachte an Armins Großvater und dessen Schweinezucht und fragte mich, warum Armin sich nicht für den kraftvollen Keiler entschieden hatte, denn über den hätte sein Großvater sich sicherlich gefreut. Ich beschloss, Armin das später zu fragen, weil man mitten in einem Einbruch nicht über Geschenkideen spricht.

Armin hatte sich auf einen senffarbenen Sessel gesetzt, er sah verdrossen aus, als dächte er an alles, was er gerade in Teufels Küche verpasste. Ich öffnete die Reisetasche, nahm den *pünktlichen Hahn* heraus, zog meine Schuhe aus, stieg auf die Couch und hängte das Gemälde an den freien Nagel. »Gut so?«, fragte ich.

»Gut so.«

Ich drehte mich um. Armin hatte die Augen geschlossen und rieb sich mit Daumen und Mittelfinger die Schläfen.

»Du guckst ja gar nicht.«

Armin seufzte und sah teilnahmslos erst den Hahn und dann mich an. »Bisschen mehr links.«

Ich verrückte das Bild, dann stieg ich von der Couch und betrachtete den Hahn. »Perfekt«, sagte ich, »und der Teewagen, wo gehört der hin?«

Armin deutete schlaff auf das Sideboard neben dem Fernseher. »Daneben«, sagte er. Ich wickelte den Teewagen aus, klappte ihn auf und stellte ihn neben das Sideboard.

»So?«

»Ja.« Armin gähnte. Ich stellte den Teewagen leicht schräg,

weil ich fand, dass das dem Teewagen etwas Verschmitztes gab und er dadurch neben dem wuchtigen Sideboard weniger verloren aussah. Die Vase gehörte aufs Sideboard, ein gummierter Untersetzer stand für sie bereit. Ich bedauerte, dass wir nicht an Blumen gedacht hatten. »Und der Teppich?«

Armin deutete auf den Boden vor seinem Sessel. Ich breitete den Teppich aus und zupfte die Quasten gerade. »Weißt du, Armin, es ist so«, sagte ich während des Zupfens, »wir geben einfach alles zurück, was uns nicht gehört. Wenn man etwas hat, das einem eigentlich nicht gehört, und ich meine jetzt nicht unbedingt nur geklaute Dinge, sondern auch solche, von denen man dachte, dass sie einem tatsächlich gehören, dass man tatsächlich einen Anspruch auf sie hat, nur weil sie einen eine Zeit lang begleitet haben, dann muss man sie irgendwann wieder zurückgeben, das ist so, schlicht und einfach. Man gibt sie zurück an den Platz, an den sie gehören, für den sie bestimmt sind und den jemand anders ausgesucht hat. Das ist für alle Beteiligten das Beste. Was meinst du? So?«, fragte ich und deutete auf den Teppich.

Armin nickte.

»Oder vielleicht doch lieber quer?«

Armin nickte.

»Wir könnten«, sagte ich und legte den Teppich quer und dann doch lieber wieder gerade hin, »wir könnten auch ganz bewusst und aus freien Stücken etwas hier lassen, das uns gehört. Ich meine: von dem wir *glauben*, dass es uns gehört. Dann ist es nicht mehr bei uns, schlicht und einfach, sondern woanders, aber es ist immer noch da, auch wenn wir es nie wieder sehen.«

»Spitzenidee«, sagte Armin und gähnte, »am besten unsere Personalausweise.«

Der Teppich lag jetzt so, wie es am besten für ihn war, der Teewagen stand in der Position, die ihm am meisten entsprach, der *pünktliche Hahn* sah trotz des Dämmerlichts farbenfroh aus und auch die Vase schien aufgeblüht.

Ich schaute auf die Uhr, die neben der Tierserie hing. Es war zwanzig nach drei. Das Zurückgeben war schnell gegangen. Ich sah mich im Wohnzimmer um. »Das war es dann wohl«, sagte ich und glaubte plötzlich zu wissen, wie Armin sich gefühlt hatte, nachdem er von meinem Küchenfensterbrett gestiegen war, nachdem er in der Regenrinne nach einem Feuer gesucht hatte, das es nicht gab.

Armin lächelte müde. »Ich hab noch was«, sagte er, beugte sich über seine Tasche und zog einen schweren goldenen Aschenbecher hervor, der die Form einer Hand hatte, und deutete auf den Couchtisch neben dem Sofa.

»Danke«, sagte ich und arrangierte den Aschenbecher auf dem Couchtisch, erst schräg, dann gerade.

Als ich mich zu Armin umdrehte, war er eingeschlafen. Ich strich ihm über den Kopf. Armin blinzelte, hielt mir seine Hand hin, ich zog ihn aus dem Sessel und hinter mir her zum Fenster.

»Wart mal kurz«, sagte ich. Armin setzte sich auf das Fensterbrett.

Ich schaute auf Blanks Plan und ging ins Badezimmer, griff in meine Jackentasche und stellte Jakobs *Tears Again* auf das Spiegelschränkchen über dem Waschbecken.

»War's das jetzt endlich?«, fragte Armin, als ich zurückkam. Ich nickte, wir kletterten aus dem Fenster.

Draußen schliefen Blank und McQuincey, Blanks Kopf lag auf McQuinceys Schulter, McQuincey schnarchte lauter, als jeder Kiesweg jemals sein könnte. Ich rüttelte an McQuinceys

Schulter und sagte, wir könnten jetzt gehen, alles sei wieder an seinem Platz.

McQuincey rieb sich die Augen. »Es war lächerlich einfach«, sagte Armin. Blank sah mich an und sagte: »Sie haben Farbe bekommen.«

Wir bleiben noch zwei Tage und drei Nächte. Armin verbrachte die Tage mit McQuincey. Sie schauten McQuinceys Filme und Armin erzählte ihm währenddessen, welche Szenen und Clous er besonders gelungen fand, und McQuincey verstand kein Wort, aber Armins Begeisterung verstand er tadellos. Sie gingen schwimmen, am Strand brachte McQuincey Armin Karate bei, obwohl er es nie gelernt hatte, und zum Glück brauchte McQuinceys Karate keine Erläuterungen. Am vorletzten Tag ließen sie sich beide den gleichen Anker auf die gleiche Stelle am linken Oberarm stechen. Armin hatte die Idee gehabt, und McQuincey hatte gefunden, dass das die passende Tätowierung für einen angehenden Bademeister sei. Ich fragte Armin, ob das Stechen schmerzhaft gewesen sei, Armin zuckte die Schultern und sagte, es sei ungefähr so schmerzhaft gewesen, wie wenn jemand einem ein gerade ausgepustetes Streichholz an den Arm hält.

Ich verbrachte die beiden Tage mit Blank, wir gingen am Meer entlang, tranken in den Strandpavillons Getränke, die süß und zähflüssig waren, und machten Fahrradausflüge. Ich hatte ein Tandem gemietet. Wir fuhren lange und immer geradeaus, zu unserer Linken lag das Meer, zu unserer Rechten lagen die Dünen, auf denen hohes Gras wogte, wie auf den Fotos im Flur der Pension.

Blank saß hinten. Das Tandem war etwas zu klein für ihn,

beim Treten ragten seine spitzen Knie fast bis zu seiner Brust. Seine Haare und die schwarzen Anzugschöße flatterten im Wind. Ich drehte mich oft zu ihm um, es machte Spaß, Blank anzusehen, Blank sah froh aus. »Nach vorne schauen«, rief er dann, weil wir immer umzukippen drohten, wenn ich mich zu ihm umdrehte. Sonst sagten wir nichts, wir schwiegen und schauten in die Landschaft, ein leichter warmer Sprühregen fiel, in den man sein Gesicht halten konnte.

»Wir könnten etwas singen«, sagte ich. Wir sangen *Seemann, deine Heimat ist das Meer*, weil Blank es mir oft vorgesungen hatte, bevor wir zum ersten Mal die Astronautennahrung gekauft hatten, und weil es kein anderes Lied gab, das wir beide kannten. Dann sang Blank *Junge, komm bald wieder*, und ich summte mit. Dann sang ich das Titellied aus *Karate Kid II*, das Lied über die Herrlichkeit der Liebe, ich wusste nicht mehr viel davon, aber das, was ich noch wusste, sang ich sehr laut, und Blank summte mit.

Die drei Nächte verbrachte ich mit Armin. Wenn Blank eingeschlafen und ich noch wach war, ging ich durch den Flur mit dem Wackelkontakt und klopfte an Armins Tür. »Bitte sehr«, sagte Armin, und wenn ich hereinkam, lag er in seinem Bett, nackt und auf dem Rücken, mit hinter dem Kopf verschränkten Armen, unter dem besinnlichen Delfin.

Nach Jakobs Verschwinden hatte ich nicht damit gerechnet, dass mein Körper zu etwas anderem gebraucht werden würde als zum Gehen oder Sitzen oder Schlafen, dass er es mit etwas anderem zu tun bekommen würde als mit Duschgel oder Beschwerden oder Wetter, ich hatte, was meinen Körper anging, nach Jakobs Verschwinden nicht mehr mit dem Abwegigen gerechnet und schon gar nicht damit, dass er es ausgerechnet mit Armin zu tun bekommen würde.

Als Armin und ich zum ersten Mal in seinem Einzelbett lagen, konnte ich nicht aufhören, an Jakob zu denken und daran, wie es, als Jakobs Verschwinden schon eingesetzt hatte, gewesen war, mit Jakob zu schlafen. Sex mit Jakob war zur Zeit seines Verschwindens wie eine Veranstaltung eines Bekannten gewesen, zu der nur wenige erscheinen, eigentlich niemand außer Freunden und Bekannten, die versuchen, während und nach der Veranstaltung besonders begeistert zu sein, um das Fehlen der anderen zu kaschieren, das man aber nicht oder nur sehr kurzfristig kaschieren kann, und spätestens, wenn der Bekannte hinterher über seine Veranstaltung nachdenkt, denkt er nicht mehr an die Freunde und Bekannten, die ihre Begeisterung betont haben, er denkt dann nur noch, dass eigentlich niemand da war.

Beim ersten Mal in Armins Einzelbett dachte ich, als Armin und ich uns küssten, außerdem an Jakob und Alina, an Jakob und Alina in Jakobs und meinem Bett. Ich konnte mir unter Jakob und Alina im Bett nichts vorstellen, deshalb stellte ich mir das Schlimmste vor, und das Schlimmste war in diesem Fall das Allerbeste, und schließlich hörte Armin auf, mich zu küssen, und sagte: »Ich küsse dich gerade, und ich mache das ziemlich gut, deswegen wäre es nett, wenn du aufhören würdest, irgendwelchen Scheiß zu denken.«

Als ich zum ersten Mal mit Armin schlief und währenddessen zweimal und Armin einmal aus seinem Einzelbett herausfiel, sagte Armin dieselben Dinge, die er auch bei Karatefilmen sagte, er wies mich auf besondere Clous hin und bereitete mich auf die entscheidenden Szenen vor. »Pass auf, das wird dir gefallen«, sagte er, oder: »Diese Stelle ist besonders gut«, oder: »Das ist doch unglaublich, oder? Das Beste kommt aber noch.« Armin sagte das, bis ich sagte: »Jetzt halt mal die Klappe«, ich hatte das noch nie zu jemandem gesagt, und Armin sagte nichts mehr und verfiel stattdessen in Zeichensprache.

Armins Körper war großflächig und schwer, und auch mein Körper war zum Glück etwas großflächiger und schwerer, als ich ihn in Erinnerung hatte. Beim ersten Mal fiel mir auf, dass ich Jakobs Körper nicht mehr vollständig in Erinnerung hatte, vermutlich, weil es am Schluss eine Veranstaltung gewesen war, an der eigentlich niemand teilnahm. Auch mit Armin war es eine Veranstaltung, aber eine, auf der nichts betont werden musste, weil alle da waren, auch die, mit denen man nicht gerechnet hatte, und auch die, die man nicht persönlich kannte.

Nachdem wir zum ersten Mal miteinander geschlafen hatten, deutete Armin nach einer Weile, während der wir geschwiegen und ich an meinem Körper heruntergeschaut hatte, mit der einen Hand auf seine zusammengepressten Lippen und malte mit der anderen Fragezeichen in die Luft, was die Frage bedeuten sollte, ob er jetzt wieder etwas sagen dürfe. »Bitte sehr«, sagte ich.

Armin beugte sich über mich und lächelte. »*Hart und weich, Spannung und Entspannung*«, sagte er in einem Tonfall, als verrate er mir das Rezept eines Kuchens, den wir gerade verspeist hätten, »*alles in Verbindung mit der richtigen Atmung.*«

Ich schob Armin ein Stück von mir weg und sah ihn an. »Tantra?«, fragte ich erschrocken. »Karateregel Nummer 19«, sagte Armin.

Nach dem Teil der Nacht, den ich mit Armin verbracht hatte, ging ich zurück in Blanks und mein Zimmer. Immer hoffte ich, dass Blank fest schlafen würde, und jedes Mal kämmte ich mir, bevor ich zurück in unser Zimmer ging, die Haare mit Armins Bürste und sprühte mir, da ich in Armins Kulturbeutel außer Axe Shock Moschus, das ich übertünchen wollte, nur ein Halswehspray fand, ein wenig Halswehspray hinter die Ohren und auf die Handgelenke. In den ersten beiden Nächten schlief Blank tatsächlich fest, aber in der dritten saß er hellwach im Bett.

»Hallo«, sagte ich und dachte an meine Eltern, denen ich in der Nacht nach meiner Entjungferung im Flur begegnet war. Weil ich befürchtet hatte, dass man mir die Entjungferung im Gesicht ansehen könnte, hatte ich inständig gehofft, dass sie schlafen würden, aber sie hatten beide dagestanden, in zugeknoteten Morgenmänteln, nebeneinander, und hatten mich angestarrt. Meine Eltern waren gegen meine Entjungferung gewesen, sie waren vor allem gegen meine Entjungferung mit fünfzehn, und ganz besonders waren sie gegen meine Entjungferung durch einen gewesen, der rauchte und den Porsche seines Vaters fuhr. Meine Mutter hatte besonders intensiv gestarrt, mitten in mein Gesicht, und dann hatte sie sich abgewandt und war in Tränen ausgebrochen, als habe sie gerade erfahren, dass ich nur noch wenige Monate zu leben hätte.

Ich ging an Blanks Bett vorbei in meines, legte mich hin und zog die Bettdecke bis unters Kinn. Ich fürchtete, dass Blank erst intensiv starren und dann in Tränen ausbrechen würde, noch mehr aber fürchtete ich, dass er tun würde, was die Eltern meiner Schulfreundinnen nach deren Entjungferung getan hatten, nämlich gelächelt und gefragt, ob es denn schön gewesen sei.

Ich tat, als sei ich auf der Stelle eingeschlafen, und nach einer Weile sagte Blank: »Axe Shock Eukalyptus.«

Ich tat immer noch angestrengt so, als sei ich auf der Stelle eingeschlafen. »Sie möchten sehr gern, dass ich jetzt nichts sage«, sagte Blank.

»Stimmt«, sagte ich, »das möchte ich sehr gern.«

Wieder schwiegen wir eine Weile, bis Blank »Das geht aber leider nicht« sagte und aus seinem Bett stieg. Er kam zu mir herüber, stellte sich neben mein Bett und sah mich an, als hätte ich gerade einen Preis erhalten, einen Preis für eine bahnbrechende Erfindung, für einen Meilenstein der Forschung, und als wollte auch er dazu gratulieren.

»Das ist ausgezeichnet«, sagte er, »ich muss sagen, ich finde das ausgezeichnet.«

Ich drehte mich auf die Seite. »Bitte, Blank, wir schlafen jetzt, ja?«

Blank ging zurück in sein Bett, ich hörte, dass er nicht schlief, und schließlich knipste er die Nachttischlampe an. Ich richtete mich auf. Blank saß mit einer Zeitung im Bett und sah mich fröhlich an. »Ich kann gar nicht schlafen«, sagte er munter. Ich ließ den Kopf zurück auf das Kissen fallen. »Ich schon«, sagte ich.

Am nächsten Morgen packten wir unsere Sachen, trugen sie ins Auto und frühstückten dann ein letztes Mal in der Pension. Aus einem kleinen Lautsprecher an der Decke kam Klaviermusik von Richard Clayderman. Blank aß nichts, weil er nichts essen musste, Armin aß nichts, weil er einen Kloß im Hals hatte, der nichts mit Richard Clayderman, aber viel mit McQuincey zu tun hatte, und McQuincey aß nichts, weil er einen Kater hatte. Ich ließ Schokostreusel auf meinen zweiten Toast rieseln. »Ihr könnt euch ja wiedersehen«, sagte ich, »Holland ist doch nicht aus der Welt.« Armin nickte stumm und stocherte in einer Portionsbutter. Er sah aus wie jemand, dem ein gerade ausgepustetes Streichholz an den nackten Arm gehalten wird.

»Good luck with your new life«, sagte ich zu McQuincey, als wir vor dem Auto standen. McQuincey schüttelte meine Hand und wünschte mir das auch. Dann hielt er seine ausgestreckte Hand in die Richtung, von der er glaubte, dass Blank dort stand, Blank stellte sich schnell dorthin und ergriff McQuinceys Hand. Dann umarmten sich Armin und McQuincey, sie umarmten sich stumm und klopften sich dabei auf die Schultern, wie Freunde im Film, die viele gemeinsame Abenteuer bestanden haben und jetzt Abschied nehmen und dabei nicht viele Worte machen müssen. Allerdings dauerte Armins und McQuinceys Umarmen und Klopfen und Schweigen viel länger als in einem solchen Film, und als sie sich voneinander lösten, sagte Armin heiser: »In Okinawa hat die Ehre keine zeitliche Begrenzung.« Ich versuchte, das zu übersetzen.

McQuincey schossen Tränen in die Augen. »Karate Kid«, sagte er, und man konnte nicht genau sagen, ob das als Quellenangabe oder Kosename gemeint war.

Wir stiegen ins Auto. Ich setzte mich hinter das Steuer, Armin stieg hinten ein, Blank setzte sich auf den Beifahrersitz und ruckte, weil er viel größer als Armin war, den Sitz weiter nach hinten. Wir fuhren los und winkten, Armin kniete sich auf die Rückbank und winkte durch die Heckscheibe, auf der das *Married* nur noch ein wenig, das *Just* noch gut zu erkennen war.

Ich sah McQuincey im Rückspiegel langsam kleiner werden. Er winkte mit gleichmäßig schwingenden Armen, lange und konzentriert, sein ausführliches, ruhiges Winken schien, als habe es schon fast nichts mehr mit uns zu tun, als winkte er, um zu winken, und am Schluss sah McQuincey, viel kleiner geworden, aus, als sei eine Existenz als professioneller Winker das neue Leben ohne Startkapital, das ihm vorgeschwebt hatte.

Wunschkonzert

Ich schloss die Wohnungstür auf. Blank und ich gingen durch den Flur und ich fragte ihn, ob er auch finde, dass Dielen anders knarren, wenn sie länger nicht mehr begangen worden sind. Blank blieb stehen, wippte auf einer Diele und nickte.

Wir waren nur eine knappe Woche weg gewesen. Trotzdem hatte ich damit gerechnet, dass die Zimmerpflanze vertrocknet wäre und dichter Staub auf dem Boden läge, dass sich riesige Spinnweben quer durch die Zimmer spannen würden und jemand die Möbel mit weißen Laken zugedeckt hätte. Wir gingen über die Dielen, die sich erst einstimmen mussten, in die Küche, ins Schlafzimmer, ins Wohnzimmer. Nichts war zugedeckt, staubig war es auch vorher schon gewesen, und die Zimmerpflanze war eine Palme.

Neben der Palme stand der Flamingo. Als er kaputt gegangen war, hatte er damit gewartet, bis Jakob und ich ihn nicht mehr dazu aufgefordert und ihn nicht mehr beobachtet hatten, er hatte sein Kaputtgehen aufgeschoben, bis Jakob verschwunden und ich auch verschwunden gewesen war, jedenfalls so weit, wie man verschwinden kann, wenn man noch da ist, deshalb hätte es mich nicht gewundert, wenn der Flamingo die Abwesenheit für ein neuerliches Zerbrechen genutzt hätte, aber er war unversehrt.

Im Wohnzimmer schaute ich auf den Anrufbeantworter.

Immer wenn Jakob und ich nach längerer Zeit nach Hause gekommen waren, hatte Jakob es erstaunlich gefunden, dass der Anrufbeantworter womöglich die ganze Zeit unserer Abwesenheit hindurch geblinkt hatte, weil vielleicht jemand eine Nachricht hinterlassen hatte, kurz nachdem wir die Tür hinter uns zugezogen hatten. »Stell dir mal vor, wie erschöpfend das sein muss«, hatte Jakob gesagt, »drei Wochen blinken, für nichts und wieder nichts.« Dann hatte er den Anrufbeantworter erlöst und auf *Play* gedrückt.

Ich schaute auf den blinkenden Anrufbeantworter, und einen Moment lang dachte ich, dass vielleicht Jakob darauf wäre, dass er, sobald ich auf *Play* drückte, sagen würde, dass alles ein Missverständnis gewesen sei, ein kolossales, unerhörtes, weltumspannendes Missverständnis und in Wirklichkeit nichts von Bedeutung passiert sei, nur Dinge, die sich in meiner Abwesenheit als bedeutungslos erwiesen hätten, wie zum Beispiel Alina, wie zum Beispiel der Unfall, dass sowohl Alina als auch der Unfall zum Glück doch nicht so gewesen seien, wie er es sich vorgestellt hatte, dass es ihm leid tue, mir Umstände bereitet zu haben, und er hoffe, dass ich mich im Urlaub gut erholt hätte. Ich dachte einen Moment lang, dass, wenn ich auf Play drückte, Jakob sagen würde, dass er heute Abend noch mal anriefe und: »Bis später.«

Ich drückte auf *Play*. Meine Mutter sagte: »Lange nichts voneinander gehört« und dass ich doch mal anrufen solle. Die Telefongesellschaft sagte, dass sie ein attraktives Angebot habe.

Die vorvorletzte und die vorletzte Nachricht waren von Bengt, er hatte sie heute erst auf den Anrufbeantworter gesprochen. Bengt sagte, es sei alles ein Missverständnis und mit der neuen Englischübersetzerin doch nicht so gewesen, wie er sich das vorgestellt habe, letztendlich, sagte er, komme es in unserem Beruf zwar auch auf Kreativität, vor allem aber auf Sorgfalt an und dass er hoffe, ich hätte mich im Urlaub gut erholt, dass er heute Abend noch mal anriefe und jetzt aber schon mal ganz vorsichtig anfragen wolle, ob ich bis morgen eine Gebrauchsanweisung übersetzen könne. Ich verschränkte die Arme.

Die letzte Nachricht war von Armin, den wir vorhin an einer U-Bahn-Station abgesetzt hatten. Er sagte: »Ich bringe nachher Pizza mit«, obwohl wir nicht ausgemacht hatten, dass Armin noch vorbeikommen würde.

Blank wippte auf einer Diele. »Das ist doch ein attraktives Angebot«, sagte er.

»Bengt oder die Pizza?«

»Bengt, meinte ich«, sagte Blank und lächelte, »aber die Pizza natürlich auch.« Dann strich er sich über die Haare, und deswegen sah ich das Loch.

Blank hielt, die Hand noch auf dem Kopf, inne und sah mich erschrocken an. »Sie sind ja ganz blass«, sagte er, »was ist denn?«

Ich deutete auf Blanks Arm und ging zu ihm hin.

Das Loch war in der Innenfläche des Oberarms, ein paar Zentimeter über der Achselhöhle. Es war ein walnussgroßes Loch, durch das man hindurchsehen konnte, man konnte durch das Loch in Blanks Arm hindurchsehen wie durch ein winziges Fenster.

Mir wurde plötzlich sehr heiß, als hätte ich etwas Wichtiges vergessen. »Was ist das?«, flüsterte ich. Blank sah mich an. »Was denn?«, fragte er.

»Da ist ein Loch in Ihrem Oberarm«, flüsterte ich, und jetzt wurde Blank bleich.

»Sehen Sie das nicht?«, fragte ich. Blank schüttelte den Kopf.

»Tut es weh?«

Er schüttelte wieder den Kopf.

»Was bedeutet das?«, fragte ich, immer noch flüsternd, als hätten Blank und ich eine bahnbrechende Erfindung gemacht, von der niemand erfahren durfte, weil sie, wenn sie in falsche Hände geriete, verheerende Folgen hätte.

»Ich weiß es nicht«, flüsterte Blank, »ich habe keine Ahnung, was das bedeutet«, und ich konnte sehen, dass Blank mich gerade zum ersten Mal belog, dass er sehr wohl eine Ahnung davon hatte, was das bedeutete.

Ich ging ins Badezimmer, öffnete den Schrank über dem Spiegel, in dem nicht mehr Jakobs kostspielige Zahnpasta und nicht mehr sein Deo stand, deshalb war Platz darin gewesen für die Wundpflaster, die ich in der Apotheke gekauft hatte, um Zeit für die Frage nach der Astronautennahrung zu gewinnen.

Ich nahm zwei Pflaster aus der Packung, überlegte, ob Wundpflaster auch auf Anzugärmeln hielten, und ging zurück ins Wohnzimmer. Blank hob den Arm, ich klebte zwei Wundpflaster auf das Loch, eins vorne und eins hinten. Blank klopfte auf die Pflaster und drehte seinen Arm hin und her. »Das hält«, sagte er.

»Sehen Sie es wirklich nicht?«, fragte ich.

»Nein«, sagte Blank, »das Pflaster, das sehe ich. Aber das Loch habe ich nicht gesehen.«

Das Pflaster hielt, und wir erwähnten es nicht mehr.

Ich machte einen Termin beim Augenarzt. Vor einiger Zeit, bei der Nachsorge, hatte er festgestellt, dass alles in bester Ordnung war. Als ich auf seinem Behandlungsstuhl saß, sagte ich: »Ich kann manche Dinge nicht mehr richtig sehen.«

Der Augenarzt hob die Augenbrauen. »Was denn für Dinge?«, fragte er, »besonders kleine? Oder besonders ferne?«

»Eher nahestehende«, sagte ich und wurde rot, weil ich nicht wusste, wie ich dem Augenarzt beibringen sollte, dass ich etwas nicht mehr richtig sehen konnte, das alle anderen erfahrungsgemäß überhaupt nicht sehen konnten, wie ich ihm das erklären sollte, ohne dass er mich an jemanden überweisen würde, der konstruktive Fragen stellte und einen verschlossenen Hängeschrank voller Tabletten hatte, die leicht und müde machten.

Der Augenarzt beleuchtete meine Augen und machte einen Sehtest. Dann sagte er: »Alles in bester Ordnung.«

»Sind Sie ganz sicher?«, fragte ich, als sei die beste Ordnung eine verheerende Diagnose.

»Kein Zweifel«, sagte der Augenarzt.

»Vielen Dank trotzdem«, sagte ich.

Montags bis freitags ging ich übersetzen. Evelyn war wieder da. Man sah ihr die fehlenden Marzipankartoffeln an. Auch der Psychiater war zurückgekommen. Ich stellte mir vor, wie er auf den noch unausgepackten Koffern in seiner Praxis saß und versuchte, die Patienten zu erreichen, ich stellte mir vor, dass die Patienten sich am Telefon verleugnen ließen, weil sie in der Zwischenzeit jemanden gefunden hatten, dem sie ihre Geheimnisse anvertrauten und der sie jederzeit verleugnen konnte.

Evelyn übersetzte neben mir an ihrem mit Fotos bestückten Schreibtisch. Weil ich meinen Schreibtisch kahl fand und gerahmte Fotos von Nahestehenden eigentlich noch nie eine Unart gefunden hatte, stellte ich welche hin. Ich stellte ein Foto von Jakob hin, auf dem er froh und etwas verschwommen aussah. Er hatte es mit Selbstauslöser gemacht und mir geschickt, als er in Amerika gewesen war, als ich die Tage gezählt und nur das Nötigste erlebt hatte. Ich stellte ein Foto von Blank, Armin und McQuincey hin, sie standen vor einem karibischen Strand mit Sonnenuntergang. Der Strand war ein großes besinnliches Foto im Flur der Pension gewesen. Das Foto füllte den ganzen Hintergrund aus, es war ein Hochglanzfoto und spiegelte ein wenig, deshalb sah man im karibischen Meer das Blitzlicht meiner Kamera. McQuincey und Armin standen nebeneinander, lachten in die Kamera und hatten sich die Arme um die Schultern gelegt. Blank stand neben Armin, lächelte und deutete mit dem Zeigefinger auf Armins Brust. Armins Hemd war weit offen, man sah einen Teil des *Nothing*, das aussah wie ein ausgebessertes *Nofking*. »Nofking is forever«, hatte Blank gesagt, als ich das Foto machte, »diesen Nofking würde ich ja gerne mal kennenlernen.«

»Wer ist denn dieses illustre Paar?«, fragte Evelyn.

»Das ist Armin«, sagte ich, »der Feuerwehrmann. Und das ist Ralph McQuincey.«

Evelyn nahm das Foto in die Hand und betrachtete McQuincey ausführlich. »Den habe ich schon mal im Fernsehen gesehen«, sagte sie dann.

»Wirklich?«, fragte ich und sah Evelyn erstaunt an. »Ja«, sagte sie und sah mich ebenfalls erstaunt an, »hast du nicht gesagt, er sei ein Filmstar?«

»Doch.«

»Und was ist so erstaunlich daran, dass man einen Filmstar schon mal im Fernsehen gesehen hat?«

Ich betrachtete das Foto. »Nichts natürlich«, sagte ich.

Wenn ich abends nach Hause kam, war Blank da und hatte gekocht und gelesen und am Fenster gestanden. Jeden zweiten Abend kam Armin vorbei. Ich öffnete die Tür, Armin ging wortlos in die Küche und setzte sich hin, erzählte von umgekippten Lastern und falschen Alarmen, und nachdem er an mehreren Abenden vergeblich gefragt hatte, ob ich nicht noch etwas von der Astronautennahrung im Haus hätte, fing er an, selbst welche mitzubringen.

Nachts kam Armin mit in mein Bett, das früher Jakobs und mein Bett gewesen war. Blank schlief auf dem Sofa. »Es wird Zeit, dass Sie wieder in Ihr Bett gehen«, hatte er gesagt. Als ich mich zum ersten Mal wieder in das Bett gelegt hatte, hatte Armin sich mit hineingelegt, dadurch war es weniger schlimm gewesen, als ich gedacht hatte. Die erste Nacht mit Armin in Jakobs und meinem Bett war umständlich gewesen, weil ich, als wir im Bett lagen, fand, dass das Bett dringend woanders hin müsse, und also standen wir wieder auf, verschoben den Schrank und das Bett, wir schoben es insgesamt eineinhalb Mal durch das ganze Zimmer, bis es endlich so stand, wie Jakob es nie und nimmer gewollt hätte.

Danach ließ sich Armin erschöpft auf das Bett fallen und rieb sich die Schulter, die sich durch das mehrmalige Anheben des Bettes verspannt hatte. Ich ließ mich neben ihn fallen. »Armin«, sagte ich, »es ist wirklich gut, dass du da bist.« Das stimmte. Es stimmte, und dass Armin und ich uns im Grunde nichts zu sagen hatten und mich im Grunde nichts mit Armin verband, stimmte auch, tat aber nichts zur Sache, keiner musste das aussprechen, weil das Aussprechen ungefähr so überflüssig war, wie einer Tante zu sagen, dass ihr Porzellanflamingo einem nicht gefällt.

Armin lächelte. »Ich weiß«, sagte er, verschränkte die Hände im Nacken und seufzte zufrieden, »ich bin so ziemlich alles, was du brauchst.« Ich fand, dass das für Armin ein relativ bescheidener Satz war. »So ziemlich alles?«, fragte ich. »Was brauche ich denn noch, deiner Meinung nach?«

Armin richtete sich auf und sah mich erstaunt an. »Blank natürlich«, sagte er.

Ich rechnete immer wieder damit, auf der Straße Alina zu begegnen, und eines Morgens rechnete ich besonders fest damit. »Heute passiert etwas Abwegiges«, hatte ich noch beim Frühstück zu Blank gesagt, »ich bin ganz sicher.«

»Und was?«, hatte Blank gefragt. »Das wird nicht verraten«, hatte ich gesagt, und Blank hatte gelächelt und geantwortet, da sei er ja mal gespannt.

Blank und ich trafen Alina nicht, dafür passierte etwas anderes Abwegiges. Es passierte auf dem Wochenmarkt. Wir hatten Kartoffeln und Birnen gekauft, Blank erzählte mir gerade etwas über eine Feinheit in einer Übersetzung aus dem Lateinischen, und ich hätte ihm gerne zugehört, konnte das aber nicht, weil mir plötzlich schlecht wurde und immer schlechter. Als ich stehen blieb, unterbrach Blank sich, sah mich an und sagte: »Sie sind ja ganz grün.«

»Mir ist plötzlich so komisch«, sagte ich. Ich atmete mehrmals tief durch, was aber nichts half, ich hatte eine Ahnung davon, was gleich passieren würde, etwas Unangenehmes nämlich und etwas, wogegen Atem nichts ausrichten konnte, und dann stützte ich einen Arm auf Blanks Schulter und übergab mich knapp neben seine Schuhe und knapp neben eine Kiste Brokkoli, die eine Marktfrau erschrocken an sich riss.

»Entschuldigung«, sagte ich und wischte mir den Mund ab. Blank und ein Gemüsekunde sahen mich besorgt an. Der Kunde besorgte einen Klapphocker. Ich setzte mich hin und stützte den Kopf auf die Hände.

»Keine Ahnung, ich habe wahrscheinlich was Falsches gegessen«, sagte ich zu Blank, und ich sah, dass Blank sah, dass ich ihn gerade zum ersten Mal belog, weil ich in Wirklichkeit schon seit längerem eine Ahnung hatte, eine Ahnung, mit der ich umging, wie ich noch vor kurzem mit unbezahlten Rechnungen umgegangen war, nämlich in der Hoffnung, dass sie irgendwann höflicherweise aufhören würden, anzukommen. Ich hatte auch eine Ahnung davon, dass ich im Ausdenken von Abwegigem nicht sorgfältig oder kreativ genug gewesen war, weil ich mir das Abwegigste, das Allerabwegigste nicht ausgedacht hatte, und außerdem hatte ich eine Ahnung davon, dass man manchmal doch eine Ahnung hat, wenn Sachen losgehen, wenn auch nicht von ihrem Ausmaß oder ihrer Wucht.

Die Frauenärztin war eine humorvolle Ärztin. In ihrem Wartezimmer hing eine Uhr mit spiegelverkehrtem Zifferblatt. In den Rahmen der Uhr war ein Text graviert: *Manchmal läuft einfach alles verkehrt.*

Blank und ich schauten schweigend zu, wie zehn Minuten rückwärts vergingen. Dann ging ich ins Behandlungszimmer.

»Das kann passieren«, sagte die Ärztin, als ich auf dem Behandlungsstuhl saß und nachdem sie erklärt hatte, dass in Körper eingesetzte Spiralen in den meisten Fällen, aber eben nicht immer ausreichend verhüten. »Es ist extrem selten. Passiert ungefähr vier von hundert Frauen. Ihnen ist es passiert.«

Ich stellte mir die Spirale in meinem Körper als ein Gerät

mit unzureichender Signalfunktion vor, das vielleicht, als es seine Untauglichkeit bemerkt hatte, in meinem Körper geblinkt hatte wie ein erschöpfter Anrufbeantworter in einer verlassenen Wohnung.

Die Ärztin zeigte auf den Monitor und auf etwas, das aussah wie ein Komma.

»Es puckert bereits«, sagte sie und lächelte.

Als ich zurück ins Wartezimmer kam, stand Blank auf und eilte mir entgegen. Er hatte in einem Magazin geblättert und hielt es noch in der Hand, es war die Zeitschrift *Eltern*, auf dem Titelbild lachte eine junge Familie im Schnee.

»Es puckert bereits«, sagte ich.

Zuhause setzte ich mich auf den Küchenboden, weil mir schwindlig wurde, ich saß an genau der Stelle, an der ich nach Jakobs Beerdigung gesessen und gefunden hatte, dass keinerlei Leben mehr bereitstünde, an der Blank die Hornhautraspel entdeckt und gesagt hatte, dass alle wichtigen Entscheidungen auf der Grundlage lückenhafter Daten getroffen würden, und gefragt hatte, ob ich das mit dem nicht mehr bereitstehenden Leben hundertprozentig wissen könne, und ich mit Beteuerungen angefangen hatte, und die Beteuerungen waren ein Lebenszeichen gewesen. Ich saß an genau der Stelle, alles war schwindlig, und ich dachte an das Leben, das jetzt bereitstand, und an dessen Lebenszeichen, und außerdem dachte ich: »Sofort aufstehen, auf keinen Fall hier sitzen bleiben«, aber das ging nicht, weil meine Beine wie mit Luft gefüllt waren.

Blank hatte sich neben mich gesetzt. Ich sah ihn an, er schaute auf seine Schuhspitzen.

»Es wird nicht gehen«, sagte ich.

Blank griff nach meiner Hand und strich mir über die Handfläche. »Was genau wird nicht gehen?«, fragte er leise, »es zu bekommen oder es nicht zu bekommen?«

Beides, dachte ich und sagte: »Ersteres.«

Blank nickte. Er nickte ausführlich, und dann klingelte es. »Das ist Armin«, sagte ich. Blank nickte immer noch. Ich machte nicht auf und stellte mir Armin vor, in seiner Feuerwehruniform, wie er durch den Türspion aussah, etwas verzerrt, wie er noch mal klingelte, wartete und dann ging. Es klingelte noch mal und dann nicht mehr.

Ich befühlte meine Beine. »Kommen Sie mit spazieren?«, fragte ich. Blank nickte immer noch.

In der Nähe gab es einen künstlichen See, um den ein Kiesweg führte. Blank und ich gingen immer wieder um den See herum, die ganze Nacht lang, und weil der See recht klein war, wurde einem auch davon schwindlig. Ich ging schnell. Blank ging ein paar Schritte hinter mir, auch er ging schnell, und wenn ich manchmal abrupt stehen blieb, lief Blank in mich hinein.

Ich erklärte Blank, warum Ersteres nicht ging. Ich erklärte es ausführlich, und immer, wenn ich etwas Entscheidendes sagte, drehte ich mich zu Blank um, dann nickte er wie jemand, dem eine bahnbrechende Formel erläutert wird und der kein Wort davon versteht, aber trotzdem nickt, weil der, der die Formel erläutert, angeblich eine Kapazität ist.

Jakob und ich hatten eine Zeit lang versucht, ein Kind zu bekommen. Wir hatten, als Jakobs Verschwinden einsetzte, damit aufgehört. Ich war erleichtert gewesen, dass es nicht geklappt hatte, nicht nur, weil Jakob verschwand, sondern auch, weil ich sicher war, dass mein Körper für ein Kind ein eher unwirtliches Gelände war, dass da nichts Intaktes herauskommen würde, ich wusste nicht, warum ich das wusste, keiner hatte es mir gesagt, aber ich wusste es, als hätten es alle gesagt, es war beinahe eine Tatsache wie die, dass man aus einem Bernhardiner keinen Windhund machen kann. Wobei, sagte ich zu Blank, diese Tatsache jetzt vielleicht gar keine mehr war, weil man aufgrund bahnbrechender Erfindungen mittlerweile aus jedem Hund jeden anderen Hund machen könne, aber das galt nicht und änderte nichts am Wesen des Hundes, das ein Bernhardinerwesen blieb.

Ich blieb stehen, Blank lief in mich hinein, wir schwankten. Ich drehte mich zu Blank um. »Es gehört sich einfach nicht«, sagte ich.

Ich dachte an alles, was man für ein Kind brauchte, man brauchte einen angemessenen Körper und eine angemessene seelische Verfassung, ein angemessenes Leben und eine Vorbildfunktion und Geld und innere Stärke und Gelassenheit, man musste für ein Kind in sich ruhen und gleichzeitig aus sich herausgehen können und andere Kunststücke.

»Wollen wir nach Hause gehen?«, fragte Blank.

»Nein«, sagte ich, und dann erzählte ich ihm, was ich der Beraterin von Pro Familia erzählen würde, nämlich die Tatsachen, die für sich sprächen. »Mein Mann ist vor kurzem verstorben«, sagte ich übungshalber zu Blank, »nachdem er bereits vorher verschwunden war, und jetzt bin ich schwanger von einem halbstarken, kleinkriminellen Feuerwehrmann, den ich kaum kenne, außerdem findet die Schwangerschaft in einem für das Kind unwirtlichen Gelände statt, da mein Körper bis vor kurzem nur mit Astronautennahrung aufrechterhalten wurde.«

»Mit hochkalorischer und vitaminreicher medizinischer Trinknahrung«, sagte Blank.

»Mit hochkalorischer medizinischer Trinknahrung. Und das Allerschlimmste ist«, sagte ich, »dass der, der mich neben und mit der hochkalorischen Astronautennahrung aufrechterhalten hat, seit kurzem ein Loch hat, ein Loch im Oberarm, wir sprechen nicht darüber, er weiß, was es bedeutet, und ich weiß es nicht, nur, dass es etwas Verheerendes ist.«

Ich sagte das der Beraterin von Pro Familia fast genau so. Sie nickte verständnisvoll, griff nach dem erforderlichen Schein und setzte aber, bevor sie ihn unterschrieb, plötzlich trotzdem zu konstruktiven Fragen an. Ich wollte keine konstruktiven Fragen gestellt bekommen, weil sie keine konstruktive, sondern eine zersetzende Wirkung haben würden, ich wusste, dass ich mit konstruktiven Fragen im Kopf noch weniger würde schlafen können als ohnehin schon, wegen des Puckerns. Weil jetzt nicht auch noch Fragen puckern sollten, sagte ich zu der Beraterin: »Ich bin ein Bernhardiner«, und dann stellte sie mir ohne weitere Fragen den erforderlichen Schein aus.

In der nächsten Nacht ging ich zu Blank, der im Wohnzimmer schlief, und weckte ihn auf. Wenn ich im Bett lag, bildete ich mir ein zu hören, wie es puckerte, durch die Bauchdecke hindurch. »Es puckert«, sagte ich, »ich höre es die ganze Zeit puckern, ist das normal?«

Blank richtete sich auf und rückte seine Brille zurecht. »Darf ich?«, fragte er und legte seine Hand erst auf meinen Bauch, dann auf meinen Brustkorb. »Das ist Ihr Herz«, sagte er. Ich schaute auf Blanks Hand auf meiner Brust, das Licht war dämmrig. Trotzdem sah ich das Loch in Blanks Handgelenk, ein rosinengroßes Loch am rechten Handgelenk. Man konnte hindurchsehen.

Ich ging ins Badezimmer, holte ein Wundpflaster, schnitt es klein und ging zurück ins Wohnzimmer. Blank saß auf dem Sofa und schaute konzentriert auf seine Handflächen. Seine Haare waren zerzaust.

Ich nahm Blanks Hand und verpflasterte sein Handgelenk. Es ging schnell. Ich hielt seine Hand in meiner und strich über seine Handfläche, als wollte ich etwas verteilen.

Blanks Handfläche war groß und erstaunlich glatt. Die Falten waren nicht tief, und sie zogen sich wie ein hektisch und daher wenig kunstvoll gesponnenes Spinnennetz über seine Haut.

Ich sah lange auf seine Handfläche, und plötzlich lief, wie auf einer kleinen, etwas zerknitterten Leinwand und wie es sich eigentlich gehört, wenn man stirbt, auf Blanks Handfläche eine filmische Zusammenfassung ab, eine kurze Zusammenfassung dessen, was bisher geschehen war. Sie lief so schnell, dass man nicht alles erkennen konnte. Das Pflegen des Schulgemüsebeetes lief ab. Das Malen von monsterfreien Bildern in Eiscremefarben und der Blick der Dermatologin liefen ab und der ewige Beruhigungstee im Studium, der furchtbar geschmeckt hatte. Alle Urlaube, über die ich Halbwahrheiten erzählt hatte, weil die ganze Wahrheit immer Wohnanlagen gewesen waren, liefen ab, Jakob lief ab, Jakob zum ersten Mal und mit seinem Schild über dem Behandlungsstuhl, die Hochzeit am See und der Pastor mit der unüberströmbaren Liebe, meine operierten verbundenen Augen, Jakobs Körper lief ab und Alina auch, der Unfallfahrer lief ab und der Sarg, die Trinknahrung, die furchtbar geschmeckt hatte, lief ab und Blank, Blank vor allem, Blank auf meiner Badewanne und Blank am

Meer, Blank lief ab in meiner Küche und in der Pension, Armin lief ab, wie er zum ersten Mal in meiner Küche gesessen und gesagt hatte: »Die Kommode kann ich mir gut in Hellgrün vorstellen«, der Bungalow lief ab und die Uhr im Wartezimmer der humorvollen Ärztin, die verkehrt herum lief, lief ab.

Blank, der erst auf mich und dann ebenfalls auf seine Handfläche gestarrt hatte, nahm seine Hand aus meiner und hielt sie sehr nahe vor sein Gesicht. »Was ist denn da?«, fragte er, »noch ein weiteres Loch?«

»Nein«, sagte ich, »nur dieses eine.«

Dann klingelte es. Ich öffnete die Tür, Armin ging wortlos an mir vorbei in die Küche und setzte sich hin. Ich setzte mich zu ihm an den Tisch.

»Macht mir nichts, dass du dich nicht meldest«, sagte Armin.

»Gut«, sagte ich, und dann wurde mir übel. »Entschuldigung«, sagte ich und rannte ins Bad. Als ich wieder in die Küche kam, hielt Blank, der im Türrahmen stand, mich am Arm fest.

»Sie müssen es ihm sagen«, flüsterte er.

Ich nahm Blanks Hand von meinem Arm und setzte mich wieder an den Küchentisch. »Durchfall?«, fragte Armin. »Ja«, sagte ich.

Armin nickte. »Und sonst so?«

Blank kam an den Tisch und stellte sich neben Armin. »Armin«, sagte er, »es ist zu einer Schwangerschaft gekommen. Wenn ich es richtig verstanden habe, möchte sie das Kind nicht bekommen, ebenso wenig wie Sie, vermutlich. Der Termin ist morgen um acht Uhr dreißig. Sie müssen mitkommen. Sie müssen ihr beistehen.«

Blank hatte laut gesprochen, und mir war heiß geworden, weil es, wenn es abwegigerweise zu einer Schwangerschaft kommen kann, vielleicht auch dazu kommen konnte, dass Armin Blank auf einmal hörte.

Armin sah sich in der Küche um. »Wo ist Blank?«

»Schläft«, sagte ich.

Blank setzte sich auf den freien Küchenstuhl. Er setzte sich wie jemand, der gerade außerordentlich schwere Kisten getragen hat und jetzt erfährt, dass all die Kisten leider doch woanders hin müssen. Er vermied es, mich anzusehen, und ich vermied es, ihn anzusehen.

»War er eigentlich schon bei seiner Frau?«, fragte Armin.

»Nein.«

Armin nickte, und weil ich schwieg, sagte er: »Ich durfte heute dem Atemschutzgerätewart assistieren«, und schilderte ausführlich die Beschaffenheit verschiedener Filter.

Ich fragte mich, warum Armin immer noch vorgab, Feuerwehrmann zu sein. Ich war mir sicher, dass er kein Feuerwehrmann war, irgendetwas anderes, aber kein Feuerwehrmann, die Uniform sah immer noch unecht aus.

»Er traut es sich nicht zu«, sagte ich nach einer Weile.

»Hä?«, machte Armin.

»Er traut sich das mit seiner Frau einfach nicht zu«, sagte ich, und jetzt ließ es sich nicht mehr vermeiden, dass Blank und ich uns ansahen.

»Warum eigentlich nicht? Das Schlimmste hat er doch hinter sich. Tot ist er ja schon.« Armin formte die Hände zu einem Trichter und hielt sie sich vor den Mund. »Doktor Blank!«, rief er, »wie ist es denn nun, wenn man stirbt?«

Blank war zusammengezuckt, Armin hatte das direkt in

Blanks Gesicht gerufen. »Sei leise«, zischte ich und wedelte mit den Armen.

»Hör mal, wegen Blank und seiner Frau«, Armin streckte die Beine aus und nahm einen großen Schluck aus der mitgebrachten Trinknahrung. »Sag ihm Folgendes: *Wenn du die Hitze fürchtest, geh näher ans Feuer*«, Armin sagte das wie Blank, wenn er etwas Lateinisches zitierte, »*heißer wird es dann nicht mehr.*«

»Karateregel Nummer tausend«, sagte ich.

»Laotse?«, fragte Blank.

»Ralph McQuincey in *Die Eisenfaust des Todes*«, sagte Armin.

Der Arzt, dessen Sprechstundenhilfe aussah wie die Tochter von Jakobs Sprechstundenhilfe und den erforderlichen Schein entgegennahm, hieß Doktor Freudenland, er hieß tatsächlich so. Evelyn war zweimal bei ihm gewesen. Sie hatte mir seinen Namen und seine Telefonnummer aufgeschrieben und gesagt: »Der Name ist nicht Programm.«

Das Wartezimmer war voller Schmerzpatientinnen, die auf Klappstühlen dicht nebeneinander saßen. Blank war der einzige Mann. Die Wände waren hellblau und mit Fischen bemalt. Eine Übersetzerin mit Kind hatte erzählt, wenn man schwanger ist, fühle es sich an, als hätte man eine mit Wasser gefüllte Tüte mit einem Fisch im Bauch und dass man es merke und sich freue, wenn der Fisch gegen die Tüte schwimme.

Blank saß neben mir und tat, als lese er eine Broschüre über Gebärmutterhalskrebsprophylaxe. Ich hatte auch eine Broschüre in der Hand, eine Broschüre über irgendetwas anderes, und versuchte, mit meinem Oberschenkel nicht den der Frau neben mir zu berühren, denn sie sah aus, als würde sie davon kaputt gehen, als würde sie sich bei der leisesten Berührung verformen wie ein Rauchkringel.

Weil ich mich sehr bemühte, meinen Oberschenkel von ihr fernzuhalten, fing mein Bein an zu zittern. Ich versuchte an die Tatsachen zu denken, die für sich sprachen, also an Jakob und dass er tot war, also an meinen Körper und dass er unwirtlich war, also an Armin und dass ich ihn kaum kannte, also an Blank und dass er ein Loch im Arm und ein Loch im Handgelenk hatte. Die Tatsachen sprachen nicht nur für sich, sie waren geradezu schwatzhaft, sie überschlugen sich vor Tatsächlichkeit, mein Bein hörte auf zu zittern, ich lehnte mich zurück, vorsichtig, wegen der verformbaren Frau, und in dem Moment ließ Blank seine Broschüre sinken und flüsterte: »Was ich Sie schon immer mal fragen wollte: Wie geht es eigentlich Ihrem Onkel Arno?«

»Was?«, flüsterte ich, »wie kommen Sie denn jetzt darauf?« Die Frau mit dem Oberschenkel, den ich keinesfalls berühren durfte, sah mich an.

»Ich wollte Sie auf unverfängliche Gedanken bringen«, sagte Blank. »Was hat Onkel Arno eigentlich beruflich gemacht? Er ist doch bereits pensioniert, oder?« Ich schwieg und schaute Blank verständnislos an. »Einen Versuch war es wert«, sagte er und sah wieder in seine Broschüre.

Ich hatte Blank von Onkel Arno erzählt, als ich ihm von meiner Hochzeit erzählt hatte. Seither hatte ich nicht mehr an Onkel Arno gedacht. Ich dachte nur selten an Onkel Arno und versuchte ihn hinter die wortreichen Tatsachen zu schieben, aber Onkel Arno, als sei er durch Blanks Erwähnung dazu berechtigt worden und als sei auch er eine maßgebliche Tatsache, drängelte sich immer wieder vor, wie ein Kind bei einer Schultheateraufführung sich beim Schlussapplaus vor die Hauptrollen drängelt, obwohl es nur jemanden mit einem einzigen Satz gespielt hat oder einen Baum.

Onkel Arno war der Cousin meines Vaters. Mein Vater hatte meiner Mutter bereits bei ihrer ersten Verabredung erzählt, dass Onkel Arno der bestaussehende Mann in seiner ganzen großen Familie sei. Augen habe Onkel Arno, blau wie ein verwunschener See, und einen Wuchs habe Onkel Arno, schlank und hoch wie eine Zypresse. Als meine Mutter die Eltern und Geschwister meines Vaters kennenlernte, an dem Abend, als mein Vater die Verlobung mit meiner Mutter bekannt gab, hatten auch die Eltern und Geschwister so maßlos von Onkel Arnos Augen und Wuchs geschwärmt, dass meine Mutter einerseits fand, mein Vater solle dann doch bitteschön nicht sie, sondern Onkel Arno heiraten, und andererseits immer stärker damit rechnete, dass sie, sobald sie ihn sähe, nicht länger meinen Vater würde heiraten wollen, sondern Onkel Arno.

Onkel Arno war eine Schönheit, alle sagten das. Meine Mutter lernte ihn auf einem großen Familienfest kennen. »Wo ist er denn?«, fragte meine Mutter ihre zukünftige Schwiegermutter. »Da«, sagte die Schwiegermutter und deutete auf, wie meine Mutter erzählte, das Gegenteil von Onkel Arno, einen sehr fröhlichen und ausgelassenen Mann, der auf meine Mutter zueilte und sie mit einem etwas feuchten Handkuss begrüßte, und dessen Augen aber nicht verwunschen waren, sondern irgendwie chlorblau mit dicken Hautsäckchen darunter, und dessen Wuchs, wenn überhaupt, der einer sehr ausladenden Zypresse war. Er strahlte meine Mutter an, meine Mutter starrte ihn an und wusste nicht, was sie sagen sollte, sie wollte auf gar keinen Fall sagen, was ihr auf der Zunge lag, und dann sagte sie es doch, sie konnte nichts dagegen tun, es platzte aus ihr heraus. »Sie sind ja überhaupt nicht schön«, flüsterte meine Mutter.

Onkel Arno lächelte. »Ich weiß«, flüsterte er. »Wollen wir trotzdem tanzen?«

Meine Mutter und Onkel Arno tanzten lange, denn Onkel Arno war ein fantastischer Tänzer, so fantastisch, dass meine Mutter, wenn auch nur einen Moment lang, überlegte, ob sie tatsächlich meinen Vater heiraten sollte.

Ich hörte von Onkel Arnos legendärer Schönheit erst, als ich ihn bereits lange kannte. Als Kind liebte ich Onkel Arno, weil er mich jedes Mal, wenn wir uns sahen, kopfüber in die Luft hielt, das tat sonst keiner, und als ich als Grundschulkind zum ersten Mal mitbekam, wie meine Großmutter und mein Vater einem Gast gegenüber anfingen, Onkel Arnos Schönheit zu beschwören, fragte ich mehrmals nach, ob sie tatsächlich *den* Onkel Arno meinten oder ob es womöglich einen zweiten Onkel Arno gäbe, der verwunschen und zypressenhaft und ausgewandert war, und meine Großmutter und mein Vater sahen mich an, als verstünden sie die Frage nicht.

Ich dachte, weil Onkel Arno sich nun, ausladend, wie er war, ganz vor die beschworenen Tatsachen gedrängt hatte, ausschließlich an ihn und daran, wie er mich kopfüber in die Luft gehalten hatte. Ich hatte keine Ahnung, was Onkel Arno hier zu suchen hatte. Vielleicht ließ er sich nicht vertreiben, weil alle Behauptungen über ihn falsch gewesen waren, weil er das zufriedene Gegenteil aller Behauptungen über sich gewesen war und ich mich plötzlich wie niemals zuvor danach sehnte, das zufriedene Gegenteil meiner Behauptungen über mich zu sein. Vielleicht ließ Onkel Arno sich nicht vertreiben, weil ich mich plötzlich wie nie zuvor danach sehnte, kopfüber in die Luft gehalten zu werden.

»Frau Wiesberg dann bitte«, sagte die Sprechstundenhilfe. Weil ich sie nicht hatte kommen sehen, erschrak ich und stieß mit dem Oberschenkel an den der Frau neben mir, die sich nicht verformte.

»Kommen Sie?«, fragte die Sprechstundenhilfe. Blank stand auf, legte seine Broschüre auf einen Beistelltisch, stellte sich vor mich hin, er stand zwischen der Sprechstundenhilfe und mir, strich seinen Anzug glatt, räusperte sich mehrfach und hielt mir dann seine Hand hin, die Hand mit dem Pflaster am Handgelenk. »Kommen Sie«, sagte er, und als ich seine Hand nahm, war ich, wenigstens einen Moment lang, das Gegenteil von mir.

Wir blieben vor der Praxis stehen. »Es ist sehr kurzfristig etwas dazwischengekommen«, hatte ich zu der Sprechstundenhilfe gesagt.

»Mein Herz rast«, sagte ich. Blank lächelte. »Wie sollte es auch nicht«, sagte er.

Ich setzte mich auf den Bordstein. Blank blieb neben mir stehen und schwieg, die Hände auf dem Rücken verschränkt, er sah aus wie ein Portier.

Vor uns gingen Menschen die Straße entlang, fuhren Busse und rasselten Bahnen vorbei und ich fragte mich, warum alle einfach weiter entlanggingen und fuhren und rasselten, warum alle einfach immer weiterwussten. Ich hatte mich das auch gefragt, als ich nach Jakobs Tod aus dem Krankenhaus getreten war.

»Jetzt weiß ich nicht mehr weiter, Blank«, sagte ich.

Blank räusperte sich, strich sich durch die Haare und hockte sich vor mich hin. »Darf ich übernehmen?«, fragte er.

Ich hielt ihm die Hand hin, er zog mich hoch. »Übernehmen Sie«, sagte ich.

Und dann wurde Blank euphorisch. Ich hatte ihn noch nie so erlebt, und ich wusste, dass ein Teil der Euphorie an den Tag gelegt wurde, damit ich nicht ins Nachdenken geriet und vom Nachdenken direkt ins Zweifeln. Blank legte eine Menge Euphorie an den Tag, um mit der Menge an Zweifeln mithalten zu können. Die ganze Welt hing voller Zweifel, die Zweifel wurden gespeist von den Tatsachen, die für sich gesprochen hatten, die geradezu geschwätzig gewesen waren und die jetzt, da ich sie einfach übergangen hatte, beleidigt und lautstark schwiegen, was bei Tatsachen genauso anstrengend ist wie bei jedem anderen Gegenüber.

Blank plauderte gegen das Schweigen der Tatsachen an, er hüpfte vor mir her, er drehte mich im Kreis herum und schob mich in eine Straßenbahn, die nicht nach Hause fuhr, sondern zu einem Kaufhaus. Er fasste mich an den Schultern und schob mich die Kaufhaustreppen hinauf, es muss ausgesehen haben, als veranstalteten wir eine spärliche Polonaise. In der Damenabteilung drückte er mich auf einen Hocker in einer Umkleidekabine, schwärmte aus und kam mit einem Berg Hemden wieder, die vorne länger waren als hinten, mit einem Berg Röcke mit Gummizug und mit BHs in verschiedenen Größen, deren Körbchen man auf- und zumachen konnte.

»Das ist Schwangerschaftskleidung«, sagte ich.

»Exakt«, sagte Blank und hielt mir ein Hemd vor den Körper, das ungefähr so groß war wie Jakobs Zelt.

Ich nahm Blank das Hemd aus den Händen und faltete es zusammen. »Jetzt machen Sie mal halblang«, sagte ich. »Wir dürfen jetzt nichts überstürzten. Ich muss mich erst an den Gedanken gewöhnen.«

Blank hockte sich vor mich hin, im Spiegel der Umkleidekabine sah ich seinen Rücken und seinen Hinterkopf.

»Nein«, sagte Blank. Er schaute mich an, als suchte er in meinen Augen nach etwas Winzigem, vielleicht nach einem Loch, einem, das man mit bloßem Auge kaum sehen konnte. »Wissen Sie«, sagte er, »das Beste, was wir jetzt tun können, ist alles andere als halblang zu machen. Das Beste ist, die Dinge zu überstürzen.«

Ich schaute auf Blanks Hinterkopf im Spiegel und prüfte, ob da womöglich ein weiteres Loch war. Die Überstürzung, die Blank nahelegte, war eine, die herausposaunte, dass es kein Zurück gab, und ich wusste nicht, ob der Grund für dieses Herausposaunen meine Zweifel waren oder Blanks Löcher, das Loch in Blanks Oberarm, das Loch in Blanks Handgelenk.

»In Ordnung«, sagte ich. »Überstürzen wir es.«

Blank überstürzte allerdings gewaltig. Er zog mich in ein Möbelhaus, um ein Babybett zu kaufen, ich zog ihn wieder heraus, er zog mich in ein Babybekleidungsgeschäft, auch da zog ich ihn wieder raus, er sprach von einem Kindergartenplatz, um den man sich bereits jetzt kümmern müsse, sonst, das habe er in der Zeitung gelesen, bekäme man den Kindergartenplatz erst, wenn das Kind eingeschult werde.

Er zog mich in eine Buchhandlung, eine Buchhandlung mit Café, schwärmte aus, kam mit einem Stapel Schwangerschafts- und Säuglingsliteratur wieder und setzte sich an einen der Kaffeetische. Er bat mich, bei der Bedienung einen Stift zu borgen. Die Bedienung sah auf die Bücher. »Sie müssen die dann aber auch kaufen«, sagte sie.

Blank las und strich an. Er saß über die Bücher gebeugt, wie er, stellte ich mir vor, früher über den Übersetzungen seiner Studenten gesessen hatte. Eineinhalb Stunden saß er da. Ab und zu sah er kurz hoch und lächelte mich an. »Das ist alles hochinteressant«, sagte er.

Dann gingen wir mit sieben Büchern zur Kasse. Die Kassiererin packte die Bücher in eine Tüte, lächelte mich an und sagte: »Herzlichen Glückwunsch.«

Ich wusste im ersten Moment nicht, wozu sie mir gratulierte. Blank stieß mich an, wie man ein Kind anstößt, das lernen soll, »Bitte« und »Danke« zu sagen, es hätte noch gefehlt, dass er »Wie sagt man da?« fragte, ich sagte: »Danke«, dachte an Armin und fragte mich, ob mir außer der Kassiererin noch irgendjemand gratulieren würde.

Wenn man jemandem Dinge sagen muss, die man eigentlich nicht sagen kann, ist es am besten, wenn der, dem man sie sagen muss, einen nur schemenhaft sieht, deshalb öffnete ich nicht, als Armin am Abend klingelte, sondern sagte durch die Gegensprechanlage: »Lass uns doch heute eine Nachtwanderung machen.«

»Wie romantisch«, sagte Armin. »Ist aber noch ein bisschen hell. Kann ich bitte mal reinkommen?«

»Wir treffen uns besser vor Ort, um Punkt zehn«, sagte ich, als würde ich das Procedere einer Geldübergabe bestimmen, und erklärte Armin, wie er zum Wald käme, der der einzige Wald weit und breit und immer Jakobs Wald gewesen war.

Als Blank und ich zum Wald fuhren, tat Blank, als hätten wir gerade eine geglückte Geldübergabe hinter uns, als seien wir mit einer Reisetasche voller Millionen auf dem Weg an einen karibischen Strand. Er lehnte sich weit aus dem Beifahrerfenster, kam zerzaust wieder zurück, trommelte mit den Fingern auf seinem Oberschenkel und wippte mit dem Kopf, obwohl keine Musik lief. Blank schaltete das Radio ein, einen Musiksender, hörte zu und drehte lauter. »Was ist denn das?«, fragte Blank, »das ist schön.«

»*Leaving New York*«, sagte ich. Blank lehnte sich zurück und hörte zu. Ich sah ihn aus den Augenwinkeln an. »Soll ich übersetzen?«

Blank lächelte. »Nein«, sagte er, »Englisch kann ich ja.«

Er richtete sich wieder auf und strahlte mich an. »Ich spreche insgesamt sieben Sprachen, wussten Sie das?«

»Nein«, sagte ich, »das wusste ich nicht.«

»Vier davon sind allerdings tot«, sagte Blank. Er drehte die Musik noch lauter, lehnte sich wieder zurück und schloss die Augen.

»Blank«, sagte ich, »wie soll ich das denn jetzt machen«, weil ich keine Ahnung hatte, wie ich Armin eine Schwangerschaft und ein Kind beibringen sollte, ich dachte, vielleicht wäre es besser, Armin einfach alles zu verschweigen. Ich war sehr für ein Verschweigen, als ich daran dachte, dass ich, wenn alles intakt wäre, mein Leben lang mit Armin zu tun haben würde, und noch viel mehr war ich für ein Verschweigen, als ich an Armins Methode zum Stressabbau dachte. »Wenn ich ihm das sage«, sagte ich zu Blank, »dann reicht ein Bungalow nicht mehr, dann raubt er ein Kaufhaus aus, dann überfällt er eine Bank, dann fängt er womöglich an zu schießen und das Kind hat lebenslänglich einen Vater hinter Gittern«, und hundertprozentig war ich für ein Verschweigen, als mir dann auch noch Armins Großvater einfiel, der Großvater mit der Schweinezucht, der Großvater mit dem erschöpften Eber, von dem Armin voller Mitgefühl erzählt hatte.

Die Musik war jetzt sehr laut. »Es geht nicht, Blank, ich kann ihm das nicht sagen«, sagte ich.

Blank lächelte mich an und trommelte mit den Fingern im Takt der Musik auf seinem Oberschenkel. »Sogar ein wenig Japanisch«, sagte er.

Es war dunkel, aber nicht so dunkel, wie ich gehofft hatte, und Armin hatte ein Picknick mitgebracht. Er saß auf dem Waldboden, neben ihm auf einem Baumstumpf standen eine Tupperdose, eine Flasche Sekt, eine Tüte Brot und eine Kerze.

»Das ist ja eine schöne Idee«, sagte ich und setzte mich mit Blank auf die andere Seite des Baumstumpfs. Armin lächelte mich an.

Blank räusperte sich und sagte: »Das wäre jetzt bereits ein günstiger Zeitpunkt.«

Armin reichte mir die Tupperdose. Darin waren einzelne Brotscheiben, Käse und Schmierwurst. *Aus Meisterhand* stand auf der Wurst. Ich strich etwas davon auf ein Stück Brot. Sie schmeckte nicht besonders gut.

»Schmeckt wie Löschschaum«, sagte Armin, der sich auch für die Wurst entschieden hatte. »Stimmt«, sagte ich. »Aber sie ist aus Meisterhand. Was aus Meisterhand ist, muss ja irgendwie gut sein, auch wenn es uns nicht schmeckt.«

»Hervorragende Einleitung«, sagte Blank. »Jetzt.«

Es war still, kein Wind ging, nichts knackte im Geäst. Armin schmiss das Brot in die Dunkelheit hinter sich und belegte ein neues Stück mit Käse. »Und?«, fragte ich, »wie war's heute so?«

»Absolut ruhig«, sagte Armin. »Total langweilig. Ich habe den ganzen Tag ferngesehen.«

Armin biss in sein Brot, griff nach der Flasche Sekt und öffnete sie, der Korken knallte in der Stille wie ein Schuss. »Und bei dir?«

»Jetzt«, sagte Blank.

»Ich war einkaufen«, sagte ich.

Armin nahm einen Schluck aus der Flasche und hielt sie mir hin. »Danke, lieber nicht«, sagte ich.

»Jetzt«, sagte Blank.

Armin zuckte die Schultern, stellte die Sektflasche auf den Baumstumpf, öffnete mit einem Feuerzeug die Trinknahrung, nahm einen Schluck und lehnte sich an den schwarzen Stamm einer Tanne.

»Ist Blank auch da?«

Ich nickte.

»Jetzt«, sagte Blank.

»Blank hat Schluckauf«, sagte ich.

Dann knackte doch etwas im Geäst. Armin lauschte. »Ist nicht ganz ungefährlich hier um diese Jahreszeit«, sagte er mit vollem Mund, »die Wildschweine sind jetzt besonders aggressiv. Die haben gerade Junge gekriegt.«

»Jetzt nicht«, sagte Blank.

Ich dachte an alles, von dem ich geglaubt hatte, dass es nicht ginge. An Jakobs Verschwinden, an Alina, an den Unfall, an die Schwangerschaft, und gemessen an alldem war das, was ich zu sagen hatte, im Grunde lächerlich einfach, so einfach wie der Einbruch in einen leerstehenden Bungalow.

»Ich bin schwanger«, sagte ich. Ich sagte das zum ersten Mal in meinem Leben, und ich hätte es gern anders gesagt und nicht wie jemand in einer Vorabendserie, der es als Cliffhanger sagt und zu unheilvoller Musik.

»Was?«, flüsterte Armin.

»Eine Schwangerschaft«, sagte ich.

Armin sprang auf, so schnell, wie ich noch nie jemanden hatte aufspringen sehen, stand dann kerzengerade da und starrte mich an.

»Von mir?«

Ich nickte. »Es war ein Unfall.«

Erst rührte Armin sich nicht. Dann schlug er mit der flachen Hand gegen einen Baumstamm. »Quatsch, Unfall«, sagte er. »Du hast das mit Absicht gemacht.« Er sagte das wie ein Kind, das von einem anderen eins übergezogen bekommen hat. »Aber du kriegst es nicht«, sagte er heiser, er sagte es ausdrücklich nicht als Frage.

Ich stand auf. Blank stand auch auf. »Es sieht so aus, als würde ich es kriegen«, sagte ich. »Du musst dich aber um gar nichts kümmern, wenn du nicht willst.« Ich machte einen Schritt auf Armin zu und wollte ihm eine Hand auf die Schulter legen, er wich zurück und sah aus wie ein Waldtier in einer Falle. Seine Augen waren weit aufgerissen.

»Du kannst mir doch kein Kind anhängen«, rief er, es klang verzweifelt und so, als sei er im Stimmbruch, »du hast sie ja nicht alle.« Er fing an, hin und her zu gehen, drei Schritte vor, drei zurück, wie in einer halbwegs geräumigen Falle, seine Hände zitterten. »Ich kann das nicht, das weißt du ganz genau.«

»Ja«, sagte ich, »das weiß ich ganz genau«, aber Armin hörte das nicht. »Du hängst mir kein Kind an«, schrie er. »Das will ich doch auch gar nicht«, rief ich und fing an zu weinen, weil ich zum ersten Mal in meinem Leben jemanden im Wald schreien hörte und Schreie im Wald besonders furchterregend sind, aber Armin hörte auch das nicht, er drehte sich um und lief in den Wald. Weil es dunkel war, war er sofort verschwunden.

Blank rüttelte an meinem Arm. »*Geh näher ans Feuer, heißer wird es dann nicht mehr*«, rief er, »rufen Sie das bitte.« Ich rief es. »Ralph McQuincey«, rief Blank und rüttelte weiter an meinem Arm. »Ralph McQuincey«, schrie ich, ich schrie es, weil Armin bestimmt schon weit weg war, immerhin war er schnell.

»Jetzt bloß keinen Bruch machen«, schrie ich noch lauter hinterher, mein Herz schlug schnell, weil eigene Schreie im Wald noch furchterregender sind als die anderer Leute, und weil die Stille nach Schreien im Wald noch furchterregender ist als die Schreie selbst. Der Wald verschluckte alles, der Wald war wie ein Raum mit gepolsterten Türen.

»Jedenfalls keinen schwierigen«, sagte ich leise.

Ich drehte mich zu Blank um. Ich hatte damit gerechnet, dass Armin weggehen würde, aber ich hatte mir sein Weggehen anders vorgestellt, ich hatte gedacht, er würde die Augenbrauen hochziehen, sich mit dem Zeigefinger an die Stirn tippen und sagen, dass ich sie ja wohl nicht alle hätte, bevor er sich umdrehen und langsam verschwinden würde. Ich hatte nicht damit gerechnet, dass Armin, statt zu verschwinden, geradezu verschluckt werden würde, auch mit Verzweiflung hatte ich nicht gerechnet, schließlich war Armin immer furchtlos gewesen, schließlich liebte Armin komplizierte Einbrüche, und auch mit Schreien hatte ich nicht gerechnet und nicht mit Stimmbruch.

Ich griff nach Blanks Hand. Blank sah aus, als habe er mit etwas ganz und gar Abwegigem gerechnet. Wir packten das Picknick ein wie ein kurzsichtiges Filmteam die falschen Requisiten.

»Das war die Letzte, fürs Erste«, sagte ich am nächsten Morgen zu Evelyn, nachdem wir in der Toilettenkabine von Bengts Agentur geraucht hatten. Evelyn setzte sich auf den Klodeckel. »Hast du dir das auch wirklich gut überlegt?«, fragte sie, und sie meinte nicht die letzte Zigarette. Ich schüttelte den Kopf.

»Und der präpotente Feuerlöscher, was sagt der dazu?«

»Der findet es nicht besonders gut.«

Evelyn seufzte und erzählte von ihrer Schwester, die ihre Tochter allein durchbrachte, ohne Mann und ohne Großeltern. »Da wirst du verrückt«, sagte Evelyn.

Ich hatte Evelyns Schwester vor einem Jahr auf Evelyns Geburtstag kennengelernt. Sie hatte mit ihrer eineinhalbjährigen Tochter auf Evelyns Sofa gesessen, die Tochter hatte versucht, Memorykarten auf dem Couchtisch zu stapeln. Evelyns Schwester hatte nicht nur auf ihre Tochter aufpassen müssen, sondern auf die ganze Welt. Sie musste darauf achten, dass ihre Tochter die Memorykarten nicht kaputtkaute, dass sie die herumstehenden Gläser nicht umschmiss und nicht in den Aschenbecher fasste, immer wieder stellte Evelyns Schwester den Aschenbecher woanders hin, immer wieder stellte ihn jemand zurück auf den Couchtisch, und schließlich gelang es der Tochter hineinzufassen, ihre Finger waren voller Spucke gewesen, weswegen die Asche besonders gut daran klebte. Als sie auf meinen Schoß kletterte, ich ihr beim Stapeln half und versuchte, auf sie und alles um sie herum zu achten, was auch deshalb sehr schwierig gewesen war, weil die Tochter nicht wollte, dass auf alles geachtet wurde, war Evelyns Schwester sofort eingeschlafen, mitten im Geburtstagslärm.

»Da wirst du einfach verrückt«, sagte Evelyn, »überleg's dir gut.«

»Die Möglichkeit besteht doch aber immer«, sagte ich, »die des Verrücktwerdens, meine ich.« Evelyn hatte nicht zugehört. Sie steckte sich eine neue Zigarette an. »Es macht dich fertig«, sagte sie.

»Ich weiß so gut wie nichts von Armin«, sagte ich am Abend zu Blank, »ich weiß nicht, wo er wohnt, ich weiß nicht mal seine Telefonnummer. »

»Doch«, sagte Blank, »die kennt jeder. 112.«

Ich tippte mir an die Stirn. Blank sagte: »Vielleicht ist es besser, ihn erst mal in Ruhe zu lassen.«

»Aber ich könnte ihm beruhigende Dinge sagen«, sagte ich und erzählte Blank, dass ich vor Jahren in einem Flugzeug einmal mit massiver Flugangst neben jemandem gesessen hatte, der mit noch massiverer Flugangst geschlagen war als ich, und indem ich ihn beruhigt hatte, hatte ich alles beruhigt, meine eigene massive Flugangst, die massivere Flugangst des Mitreisenden und sogar das Flugzeug, das kurzzeitig in Turbulenzen geraten war.

»Ein schöner Plan«, sagte Blank, »aber leider haben Armin und Sie, vermute ich, nicht die gleichen Sorgen.«

Blank überstürzte tapfer weiter. Immer wieder zog er mich in Babygeschäfte hinein und ich zog ihn wieder heraus, und als ich eines Abends vom Übersetzen nach Hause kam, saß Blank in der Küche, eine Laubsäge neben sich, und hatte ein Mobile gebastelt. An einem Gewirr von Nylonfäden hingen kleine bunte Dinge aus Holz, die teilweise aussahen wie angeschlagene Tannenzapfen, teilweise wie dickliche Würmer. Blanks Brille war ihm auf die Nasenspitze gerutscht, er sah mich über ihren Rand hinweg an. »Seepferdchen«, erklärte er und versuchte, die Fäden zu entwirren, er sah aus, als versuche er das schon recht lange.

Ich sagte Blank, dass ich auch für Überstürzung sei, aber nicht dafür, Sachen für das Kind zu kaufen, bevor man wisse, dass es einigermaßen intakt sei. »Ich kann nicht noch einmal Sachen von jemandem wegwerfen«, sagte ich, der Satz hing bewegungslos in der Luft wie in einem absolut stillen, nächtlichen Wald, und ich war erstaunt, dass er stimmte.

Blank sah mich lange an, und dann begann er, sich Sorgen zu machen. Von nun an stand er jede Nacht, wenn ich wegen des Puckerns und der Frage, ob es einigermaßen intakt sein würde, ohnehin nicht schlafen konnte, plötzlich mit einem Schwangerschaftsbuch in der Hand an meinem Bett und hatte aufgrund seiner Lektüre eine neue Sorge entwickelt, ich hatte Blank noch nie mit so vielen Sorgen erlebt.

»Hier steht«, sagte er eines Nachts und klopfte auf ein Schwangerschaftsbuch, »dass man während der Schwangerschaft keinen Reis essen soll, wussten Sie das?«

»Das wusste ich nicht.«

»Durch den Reis gerät Kadmium in den Körper und das Kind kriegt eine Kadmiumvergiftung, wussten Sie das?«

»Nein«, sagte ich, »das wusste ich nicht.«

»Jetzt wissen Sie's«, sagte Blank und sah mich sorgenvoll an. »Ich glaube das nicht«, sagte ich nach einer Weile, »was ist das eigentlich für ein Buch?«

Blank klappte es zu und las den Titel vor. »*Ein Kind erwarten. Ihr Begleiter durch die Schwangerschaft.*«

»Können wir diesen Begleiter nicht irgendwie abschütteln?«

Blank blätterte weiter und erzählte, dass, wenn man eine Plazentainsuffizienz habe, das Kind womöglich viel winziger sein werde, als es sollte. »Ich habe aber keine Plazentainsuffizienz«, sagte ich. »Sicher?«, fragte Blank. »Relativ«, sagte ich.

»Entschuldigung«, sagte Blank in einer anderen Nacht, »aber wissen Sie, ob Sie in letzter Zeit Alkohol getrunken haben? Wenn Sie nämlich Alkohol getrunken haben, passiert Verheerendes im Gehirn.«

»In meinem?«, fragte ich.

»Nein. In dem anderen.«

»Ein Glas vielleicht«, sagte ich, »höchstens. Blank, was ist denn eigentlich mit Ihnen los?«

Blank sah mich ernst an. »Womöglich reicht das schon«, sagte er.

»Ein Glas? Für ein ganzes Gehirn?«

»Ja.«

»Das glaube ich nicht«, sagte ich.

»Und warum nicht?«

»Weil es abwegig ist.«

»Das war noch nie ein Argument«, sagte Blank und sah erschöpft aus.

»Machen Sie sich nicht so viele Sorgen«, sagte ich. »Wir dürfen uns jetzt nicht verrückt machen. Wir müssen die Untersuchung abwarten. Wir müssen überhaupt alles abwarten. Ob es vollkommen intakt ist, weiß man wahrscheinlich noch nicht mal, wenn es volljährig ist. Wir müssen Ruhe bewahren. Und vor allem müssen wir schlafen.«

»Sie können doch gar nicht schlafen.«

»Ich könnte sehr wohl schlafen«, sagte ich, »wenn Sie nicht immer mit diesem Schwangerschaftsbuch anrücken würden. Blank, was ist mit Ihnen los, was haben Sie denn?«

Blank schob seine heruntergerutschte Brille die Nase hoch. »Flugangst«, sagte er, »ich habe die massivste Flugangst, die man sich vorstellen kann.«

Er schlug eine neue Seite auf. »Dann gäbe es da auch noch die Gebärmutterhalsschwäche«, sagte er.

»Ich muss noch etwas besorgen«, sagte Blank am Morgen vor der Untersuchung, »kann ich Sie kurz allein lassen?«

»Natürlich«, sagte ich.

»Gut«, sagte Blank und knöpfte seine Anzugjacke zu, »bis später. Ich hole Sie ab.«

Als Blank wiederkam, hatte er ein in Packpapier eingeschlagenes, schuhkartongroßes Paket dabei. »Nicht reingucken«, sagte er und stellte es unter die Spüle. Dann fuhren wir los.

Im Wartezimmer der humorvollen Ärztin starrte Blank nicht auf die rückwärts laufende Uhr, sondern auf einen Fragenkatalog, den er am Morgen verfasst hatte. Es waren siebenundzwanzig Fragen. Blank hatte mit Textmarkern und Rotstiften gearbeitet. »Sie müssen das unbedingt alles fragen«, sagte er.

»Alles?«

»Ja. Die Ärztin wird sich eben etwas Zeit nehmen müssen«, und dann wurde ich aufgerufen.

Blank blieb im Türrahmen stehen. Ich setzte mich auf den Behandlungsstuhl und umklammerte Blanks Fragen. Die Ärztin schaute lange auf den Monitor. Was man darauf sah, war das, was man wahrscheinlich sieht, wenn man mit einem defekten Nachtsichtgerät in einen dunklen Wald schaut. »Und?«, fragte sie, »freuen Sie sich schon?«

Ich nickte. »Und Ihr Mann, freut der sich auch?« Ich nickte und zerknüllte aus Versehen Blanks Liste. Die Ärztin sah mich kurz an, beim Blick auf den Monitor war ihr das zweite Nicken entgangen. »Ja«, sagte ich.

Die Ärztin guckte noch eine Weile auf den Bildschirm, dann sagte sie: »Alles drin, alles dran.« Sie zeigte auf angebliche Arm- und Beinansätze, auf einen angeblichen Kopfansatz. Ich nickte und lächelte die Ärztin aufmunternd an, weil ich wusste, wie es war, etwas zu sehen, das andere Leute nicht sehen können.

»Das bedeutet also, dass so weit alles einigermaßen intakt ist?«

»So weit ist alles vollkommen intakt«, sagte die Ärztin.

»Das heißt, man kann davon ausgehen, dass es intakt bleibt? Die nächsten Monate, meine ich?«

Die Ärztin lachte. »Wahrscheinlich sogar länger.« Die Sprechstundenhilfe kam herein und drückte der Ärztin etwas in die Hand, das aussah wie ein Kassenzettel. Die Ärztin warf einen kurzen Blick darauf. »Und Ihr Blutbild ist auch in Ordnung.«

»Es fehlt ihm also nichts?«

»Was sollte ihm denn fehlen?«

»Ich weiß nicht«, sagte ich, »irgendetwas, das es von mir braucht. Ein Nährstoff oder ein Vitamin oder so etwas.«

»Nein«, sagte die Ärztin, »das hat alles, was es braucht«, und dann schnallte sie mir ein Gerät um den Bauch. »Hören Sie mal«, sagte sie, »das sind die Herztöne.«

Ich dachte an Blanks verschiebliches Herz und ob man seine Verschieblichkeit hatte hören können. Die Herztöne waren sehr laut. »Es klingt wie eine defekte Spülmaschine«, sagte ich.

»Das gehört so«, sagte die Ärztin. »Alle Herzen klingen wie defekte Spülmaschinen.«

Ich drehte mich um. Blank stand da, den Kopf an den Türrahmen gelehnt, eine Hand in der Hosentasche, eine Hand auf der Brust, und lächelte.

»Es ist intakt«, sagte ich, als wir im Auto saßen, ich flüsterte es, weil es eine bahnbrechende Entdeckung war, »Blank! Es ist intakt, es klingt wie eine kaputte Spülmaschine, aber das gehört so«, flüsterte ich, »es ist intakt, ist das nicht unglaublich, wer hätte das gedacht, hätten Sie das gedacht?«

Blank nickte. Ich nahm seine Hand und hielt sie fest, ich hielt sie lange fest und drückte sie dann an meinen Mund. »Gehen Sie bitte niemals weg«, flüsterte ich hinter seiner vorgehaltenen Hand, »und ich verspreche Ihnen, dass ich auch niemals weggehe.«

Der Apotheker trug wieder seinen Pullover mit dem Bildschirmschonermuster und hatte ein gutes Gedächtnis. »Trinknahrung?«, fragte er. »Nein«, sagte ich, »Wundpflaster, bitte. Für mittlere Verletzungen.«

Der Apotheker brachte eine kleine Packung.

»Ich fürchte, das reicht nicht«, sagte Blank, der neben mir stand, ohne mich anzusehen, »es häuft sich ja in letzter Zeit.«

»Am besten nehme ich gleich noch zwei Packungen«, sagte ich. Der Apotheker brachte noch zwei. »Wofür brauchen Sie denn so viele?«

Ich hatte befürchtet, dass er das fragen würde. »Mein Sohn fällt ständig hin«, sagte ich, »ich komme mit dem Verpflastern gar nicht mehr nach. Er ist … er ist ein kleiner …«

»Rabauke«, sagte Blank.

»Er ist ein richtiger kleiner Rabauke.«

»Kinder!« Der Apotheker lächelte verständnisvoll. »Wir haben drei.«

»Oh.«

»Ich sage immer: Kleine Kinder, kleine Sorgen, große Kinder, große Sorgen.«

»Ach.«

»Unsere Jüngste wird jetzt auch schon eingeschult.«

»Oh.«

Der Apotheker sah kurz auf meinen Bauch. »Und jetzt ist da wohl ein kleines Geschwisterchen unterwegs?«

Ich starrte ihn an. »Woher wissen Sie das?«

»Sie sind etwas üppiger geworden«, sagte er, »wenn ich mir die Bemerkung erlauben darf. An der Trinknahrung allein kann das nicht liegen.«

»Warum sieht man das?«

Der Apotheker faltete die Hände vor seinem Bauch. »Am Glanz in Ihren Augen«, sagte er feierlich. »Der Glanz in den Augen einer werdenden Mutter.«

Ich schaute Blank erschrocken an. »Habe ich einen Glanz in den Augen?«

Blank schüttelte den Kopf. »Keinen besonders auffälligen.«

»Oh ja, den haben Sie«, sagte der Apotheker.

Zu Hause riss ich die Wundpflasterpackung auf und begann, Blank zu verpflastern. Weil wir nicht über die Löcher sprachen, fragte ich: »Das mit der Üppigkeit ist aber schon sehr auffällig, oder?« Blank nickte.

Die Blusen spannten neuerdings, die Hosen gingen nicht mehr zu, aber ich nahm das Üppigerwerden nur am Rande wahr, denn Blanks körperliche Veränderungen waren viel beunruhigender. Blank wurde alles andere als üppiger, Blank hatte jetzt ein apfelsinengroßes Loch über dem rechten Knie und eins, und das war besonders schlimm, in der linken Wange. Blank sah versehrt aus.

»Hat es etwas mit dem Kind zu tun?«, fragte ich.

»Das Üppigerwerden? Das liegt doch auf der Hand.«

Ich kniete mich vor ihn hin und nahm vier Pflaster aus der Packung, um das Bein zu verarzten.

»Nein, ich meine Ihre … diese Stellen.«

Blank sah zu mir herunter. »Wieso?«

»Ich dachte nur«, sagte ich, »vielleicht denken Sie, dass irgendetwas Sie ersetzt. Ich dachte nur. Das wäre nämlich … also, das wäre nämlich«, sagte ich und merkte, wie mir heiß wurde, heiß und schwindlig, »das wäre nämlich sehr falsch.«

»Nein, nein, so ist das nicht«, sagte Blank. »Ich weiß nicht, woher das kommt. Ich habe keinen Einfluss darauf.«

»Drehen Sie sich bitte mal um?«, fragte ich, als sei Blank bei einer Anprobe, als sei ich eine Herrenausstatterin.

Er drehte sich um, ich klebte zwei Pflaster in seine Kniebeuge. »Habe ich denn Einfluss darauf? Bitte noch mal umdrehen.«

Blank drehte sich wieder um. Ich klebte ein zweites Pflaster auf die Kniescheibe, dann ein drittes, zur Sicherheit.

»Nein«, sagte Blank.

Ich sah zu ihm hoch. Er atmete tief durch und schluckte.

»Ich würde gerne noch bleiben«, sagte er, »ich würde es gerne noch kennenlernen.«

Als wir Alina trafen, hatte ich nicht damit gerechnet. Wir trafen sie auf dem Weg zur Post, das war abwegig, weil Alina ganz woanders wohnte. Sie kam uns entgegen, ich erkannte sie sofort, obwohl ich sie nur einmal gesehen hatte.

Ich hatte mich oft gefragt, ob und wann ich Alina treffen würde. Manchmal hatte ich zu Blank gesagt, dass wir sie bestimmt heute treffen würden, aber wir hatten sie nie getroffen, und schließlich hatte Blank gesagt: »Wahrscheinlich gibt es sie gar nicht.«

Ich war vorbereitet, ich hatte mir überlegt, was ich zu Alina sagen würde. Ich hatte mir vorgenommen, sie zu fragen, warum Jakob und sie mir nicht viel früher etwas gesagt und mich stattdessen im Unklaren gelassen hatten, ob sie denn nicht wisse, wollte ich Alina fragen, dass Unklarheit ein unhaltbarer Zustand ist, dass man im Unklaren sitzt wie in einer Badewanne, in der das Wasser kalt geworden ist und aus der man nicht herauskommt, ich hatte mir vorgenommen, ihr Erklärungen abzuverlangen, weil ich glaubte, dass Erklärungen nicht nur Zahnbehandlungen weniger schmerzhaft machten, und ich wollte ihr abverlangen, mir zu erzählen, wie Jakob am Morgen vor seinem Unfall gewesen war, ob sie an dem Morgen zusammen gewesen waren, ob sie die Letzte gewesen war, die ihn vor dem Unfall gesehen hatte, und worüber sie gesprochen hatten. Ich hatte mir vorgenommen, Alina zu verhören.

Alina war sehr schmal und sehr blond, sie trug ein Sommerkleid, sie sah aus wie jemand in einer Werbung für etwas Teures, das niemals heruntergesetzt wird. Alina blieb vor uns stehen. Blank legte den Arm um meine Schulter. »Guten Tag«, sagte Alina und lächelte.

Ich merkte, wie mir Tränen in die Augen schossen und versuchte sie wegzublinzeln, Tränen passen nicht in ein Verhör, zumindest nicht seitens des Verhörenden. Das Wegblinzeln gelang nicht, vor allem, weil ich an Armin denken musste, wie er, als sich die Pensionszimmertür endlich öffnete, zu McQuincey gesagt hatte, dass er tage- und nächtelang nichts anderes getan habe, als auf ihn zu warten.

»Hallo«, sagte ich und wollte noch mehr sagen, lauter Dinge, die nicht zu einem Verhör passten, aber dann wurde mir schlecht. Ich lehnte mich gegen eine Häuserwand, Blank griff nach meiner Hand.

»Danke für die Blumen«, sagte ich noch zu Alina, dann erbrach ich mich auf den Bordstein, ich erbrach das ganze Frühstück knapp neben Alinas Schuhe. Alina hielt mich an den Schultern fest.

»Entschuldigung«, sagte ich und wischte mir mit dem Handrücken über den Mund.

Blank stand hinter Alina, ihre Köpfe waren nebeneinander, Alina sah besorgt aus. »Du darfst das nicht persönlich nehmen«, sagte ich und versuchte zu lächeln.

»Bist du schwanger?«, fragte Alina. Ich nickte.

»Herzlichen Glückwunsch.«

»Danke«, sagte ich. Ich betrachtete Alinas Gesicht. Es war sehr hell, ihre Haut fast durchscheinend, an den Schläfen sah man feine blaue Äderchen.

Nach einer Weile sagte Alina: »Du darfst es auch nicht persönlich nehmen.«

»Was denn?«

Alina nahm meine Hand. Man konnte ihren Druck kaum spüren. »Er hat immer nur Nettes über dich gesagt«, sagte sie, und weil Jakob nur Nettes über mich gesagt hatte, wurde mir sofort wieder schlecht.

Alina nahm ihre Hand aus meiner und strich mir über den Arm. »Viel Glück«, sagte sie und ging.

»He«, rief ich.

Alina drehte sich um, winkte mir zu und ging weiter. Sie hatte einen fast schwebenden Gang. Blank und ich sahen ihr nach.

Ich dachte an meine Hochzeit, an den Bootssteg, auf dem ich mit Jakob und Evelyn gelegen hatte und auf dem Evelyn, weil sie früher mit einem Buddhisten zusammen gewesen war, gesagt hatte, dass jede Begegnung eines Menschen mit einem anderen Menschen die Begegnung eines leeren Bootes mit einem anderen leeren Boot sei. Mir war das falsch vorgekommen, ich fand stattdessen, dass es immer nur Begegnungen zwischen voll beladenen Booten gab, die aneinandergeschwappt wurden, und immer geriet dann die ganze unbedacht gestapelte und schlecht verschnürte Ladung durcheinander, immer ging dann Wesentliches über Bord, aber jetzt, als ich Alina nachsah, fand ich plötzlich auch für kurze Zeit, dass man vielleicht doch immer nur leeren Booten begegnete, auch wenn man mit eigenen Augen sehen konnte, dass sie beladen waren mit Gerümpel und mit Kostbarkeiten, vielleicht kann, dachte ich, niemand auf der Welt seinen Augen trauen, vielleicht sind sämtliche Boote leer, auch wenn alle beschwören, dass sie rappelvoll sind.

»Sie ist ein Gespenst«, sagte Blank.

»Sie ist ein leeres Boot«, sagte ich. »Und ich auch. Und Sie auch.«

Blank lächelte mich an und sah an mir herunter. »Sie kommen mir ziemlich gefüllt vor«, sagte er.

Weil so weit alles intakt war, weil das Herz vorschriftsmäßig wie eine defekte Spülmaschine klang, zog ich Blank nicht mehr aus den Babygeschäften heraus.

Er hatte eine Liste mit dem Nötigsten gemacht, das Nötigste waren insgesamt zweiunddreißig Dinge. Wir kauften ein Babybett und die einunddreißig anderen Dinge und stellten das Babybett unter Blanks verklumptes Mobile. Ich hatte das Mobile aufgehängt, nachdem die Ärztin gesagt hatte, dass alles so weit drin und dran sei. »Normalerweise ist es umgekehrt«, sagte Blank, als wir das Bett zusammengebaut hatten.

»Was ist normalerweise umgekehrt?«

Blank putzte seine Brille. »Normalerweise hat man erst das Bett, und dann hängt man das Mobile darüber.«

»Normalerweise«, sagte ich und legte eine Tüte voll winziger Anziehsachen in das Bett. »Was glauben Sie eigentlich«, fragte Blank, »wird es ein Mädchen oder ein Junge? Ich glaube ja, dass es ein Mädchen wird.«

»Ich auch«, sagte ich. »Blank, da ist schon wieder eins.«

»Nein. Wo?«

»Doch. An Ihrem Schienbein. Da. Am linken.«

Weil mir nichts anderes mehr einfiel, fing ich an zu kochen. Die Löcher wurden zahlreicher, deshalb kam ich auf die Idee, dass es vielleicht doch helfen würde, etwas zu essen. »Oder vielleicht Astronautennahrung?«, fragte ich, und Blank sagte: »Bitte nicht.«

Ich bereitete vitaminreiche und hochkalorische Sachen für Blank zu, Gemüseaufläufe mit viel Käse, Kartoffelgratins mit viel Sahne, ich mixte Bananenshakes und schmierte Brote mit Camembert. Blank aß das alles, ich aß das auch alles, weil ich auch mal etwas anderes als Artischockenherzen essen musste, ich musste ständig Artischockenherzen essen in letzter Zeit, Artischockenherzen und Marzipankartoffeln, pfundweise, beides hatte ich vorher nicht gemocht.

»Das ist normal«, sagte Blank. »Und ich hätte gern noch ein wenig von diesem herrlichen Gratin.«

»Merken Sie schon was?«, fragte ich nach einer Woche, als wir beim Abendessen saßen. Blank nahm noch ein Eckchen Schmelzkäse und sah mich fragend an. »Ich meine: Fühlen Sie sich schwerer? Oder dichter? Undurchlässiger?«

Blank sah an sich herunter. »Nein«, sagte er.

Nichts half. Nichts half, und eines Morgens, als ich Blank wecken wollte, als ich mit einem Bananenshake in der Hand an sein Sofa trat, ihn am Arm berührte und sagte: »Blank, guten Morgen«, wachte Blank nicht auf.

Ich stellte den Bananenshake auf den Boden und strich ihm über den Arm, erst vorsichtig, dann fester. »Blank?«

Blank reagierte nicht. Mein Herz begann zu rasen, ich legte eine Hand auf meinen Bauch und versuchte, beruhigend darüberzustreichen, weil ich wusste, dass, wenn man in einer Schwangerschaft Herzrasen bekommt, das andere Herz mitrasen muss. Ich beugte mich über Blank und rüttelte ihn an beiden Schultern. »Blank«, rief ich, und es klang, als sei ich im Stimmbruch.

Blank atmete tief ein, öffnete die Augen und sah mich erschrocken an. »Was ist denn los? Ist was passiert?«

Ich atmete aus. »Gott sei Dank«, sagte ich, »ich dachte schon, Sie wären tot.«

Blank kicherte. Es war das erste und einzige Mal, dass ich ihn kichern hörte.

Als ich abends vom Übersetzen nach Hause kam, Blank begrüßte, der mit hinter dem Rücken verschränkten Armen am Wohnzimmerfenster stand und hinausschaute, als ich »Guten Abend« sagte und dass ich noch mal schnell losmüsse, weil ich vergessen hätte, Kartoffeln und Bananen und Artischockenherzen einzukaufen, sagte Blank nichts.

Ich ging zu ihm hin und tippte ihm auf die Schulter. Er wandte seinen Kopf zu mir, sein Gesicht war blass. »Es lässt sich nicht mehr aufschieben«, sagte er.

Ich ließ meine Tasche fallen. Es hatte nicht geholfen, etwas zu essen, nichts half, und die Vorstellung, dass alle Boote, so voll sie auch schienen, im Grunde leer waren, half auch kein bisschen. Blank räusperte sich. »Ich muss Sie etwas fragen.« Ich nickte.

»Könnten Sie sich vorstellen mitzukommen?«

Ich stellte mich zu ihm ans Fenster, wir sahen hinaus in den stockfinsteren Garten.

»Natürlich«, sagte ich. »Wann denn?«

»Heute Nacht«, sagte Blank.

Ich hob meine Tasche auf und strich Blank über die Schulter. »Bis später«, sagte ich, »ich hole Sie ab.«

Das Haus war ein Reihenhaus ganz in meiner Nähe, ein Altbau, hoch und weiß. Wir standen vor der Eingangstür, es war kurz vor Mitternacht und ziemlich kalt. Ich schlug den Kragen hoch. Weil ich in meinen eigenen nicht mehr hineinpasste, trug ich Jakobs Mantel, die Ärmel hatte ich hochgekrempelt, dann ging es. Ich schaute auf die Klingelschilder. Ganz oben stand, in Großbuchstaben und als sei es das Selbstverständlichste der Welt: BLANK.

»Hier haben Sie die ganze Zeit gelebt«, sagte ich. »Ja«, sagte Blank, »die ganze Zeit.«

Ich schüttelte den Kopf. »An diesem Haus bin ich Millionen Mal vorbeigegangen. Wo sind Sie denn immer gewesen?«

»Drinnen vermutlich«, sagte er. »Drinnen oder im Unterricht.« Blank sah nervös aus, so als gelte es, irgendwo einzubrechen, um etwas zurückzubringen, das ihm nicht gehörte.

Ich schaute an dem Haus hoch. »Wir haben das nicht gut durchdacht«, sagte ich, »wie machen wir das denn jetzt? Ich kann ja schlecht klingeln. Oder?«

»Sie wird Sie nicht hereinbitten«, sagte Blank, »sie ist Fremden gegenüber immer sehr skeptisch. Fremden Frauen gegenüber, meine ich.«

»Ich könnte mir irgendwas ausdenken.«

»Zum Beispiel?«

»Ich könnte sagen, dass ich nebenan eingezogen bin und meinen Schlüssel vergessen habe. Und dass mein Mann nicht erreichbar ist und erst später nach Hause kommt. Sie wird mich nicht in der Kälte stehen lassen.«

»Sie wird Herrn Metzler anrufen, den Nachbarn, damit der Sie aufnimmt«, sagte Blank. »Meine Frau ist wirklich sehr skeptisch.«

Blank sah mich ratlos an, Blank, der sonst immer Listen und Pläne hatte, stand jetzt mit leeren Händen da und vergrub sie in den Hosentaschen. Vor dem Haus stand eine riesige Kastanie, deren Krone auf der Höhe des obersten Stockwerks war.

Ich hatte eine Tüte Artischockenherzen dabei und nahm eines heraus. »Ich könnte versuchen, da hochzuklettern.«

»Unterstehen Sie sich«, sagte Blank entrüstet. Er sah erneut am Haus hoch, lange, als erwartete er eine Strickleiter, und dann auf seine Schuhspitzen. »Es war eine dumme Idee«, sagte er schließlich, »und es ist ja nicht so schlimm, es reicht, wenn Sie hier unten auf mich warten. Dann sind Sie ja auch in der Nähe.«

Ich griff Blank am Arm. »Nein«, sagte ich, »das reicht nicht. Ich stehe Ihnen bei. Ich bleibe ganz in Ihrer Nähe. Und ich weiß auch schon, wie.« Ich zog mein Telefon aus der Manteltasche und wählte die Nummer, die jeder kennt.

Es klingelte zwei Mal, dann sagte eine männliche Stimme: »Feuerwehr. Was ist passiert?«

»Guten Abend«, sagte ich, »meine Katze hat sich in einer Baumkrone verfangen.«

»Verstehe. Tier in Not.«

»Genau. Tier in Not. Louisenstraße 12. Könnten Sie da jemanden schicken?«

»Sind Sie sicher, dass es keine andere Möglichkeit gibt?«

»Was für eine andere Möglichkeit?«

»Leiter?«

»Sie meinen eine normale Leiter?«

»Ja. Leiter. Normal.«

»Die reicht nicht. Also, meine reicht nicht. Ich habe sie bereits angelegt.«

»Ok«, sagte der Feuerwehrmann und wollte auflegen. »Halt!«, rief ich, etwas zu laut. »Sagen Sie, ist zufällig Herr Armin Golling im Dienst?«

»Der Golling? Der ist da.«

Ich hielt mir das Telefon vor die Brust und starrte Blank an. »Er ist tatsächlich Feuerwehrmann.« Blank nickte und deutete auf mein Telefon. »Hallo? Hallo!«, rief der Feuerwehrmann an meiner Brust.

»Verzeihung«, sagte ich in den Hörer, »könnten Sie dann wohl bitte Herrn Golling schicken? Der hat mir nämlich schon einmal die Katze vom Baum geholt. Sie ist ein richtiger kleiner Rabauke. Mit Herrn Golling habe ich damals gute Erfahrungen gemacht. Er wirkt sehr sensibel. Jedenfalls mit Tieren.«

»Hören Sie mal«, sagte der Feuerwehrmann, »wir sind hier nicht beim Wunschkonzert. Wiederhören.«

»Moment!«, rief ich.

»Was denn noch?«

»Es ist übrigens völlig ausreichend, wenn Herr Golling alleine kommt«, sagte ich. »Sie müssen sich da keine Umstände machen. Er braucht wirklich absolut niemanden mitzubringen. Die Katze … die Katze ist ganz klein.«

»Meine Leute rücken nie alleine aus.«

»Aber vielleicht ist es sogar besser, wenn er alleine kommt«, sagte ich und sah Blank hilflos an, »wenn so viele fremde Leute da sind, erschreckt sich das Tier womöglich und fällt vom Baum«, und der Feuerwehrmann hatte aufgelegt.

»Armin ist tatsächlich Feuerwehrmann«, sagte ich. Blank hatte mich nicht gehört. Er schaute nach oben, hinauf zum fünften Stock, als säße dort, ganz oben in der Dachrinne, etwas, das unbezwingbar war.

»*Denke nicht an das Gewinnen, doch denke darüber nach, wie man nicht verliert*«, sagte ich.

»Karate?«

Ich nickte.

»Sie kommen also nach?«, fragte Blank, »Sie werden dabei sein?«

»Ja«, sagte ich, »ich werde dabei sein. Und hinterher hole ich Sie genau an dieser Stelle ab.«

»Ich gehe dann schon mal.«

»Ja. Bis später.«

»Bis später.«

Blank verschwand. Ich setzte mich auf die Stufen vor der Haustür, aß ein Artischockenherz und fragte mich, was Blank seiner Frau sagen würde, ob er eine Liste gemacht hatte, eine Liste mit Fragen oder mit Antworten, nach Relevanz geordnet.

Dann bog ein riesiges Feuerwehrauto um die Ecke, mit einer Leiter, die aussah wie ein zusammengefalteter Kran. Ich stand auf. Armin fuhr, auf dem Beifahrersitz saß ein Feuerwehrkollege. Das Auto hielt, Armin öffnete die Tür, sprang heraus und lief auf mich zu.

»Du warst das also«, sagte er, »das hätte ich mir denken können. Holger meinte, da hat jemand total Beklopptes angerufen, der gesagt hat, ich wäre sensibel mit Tieren.« Armin schaute mir auf den Busen. »Du hast dich verändert«, sagte er.

Ich sah Armin an wie eine Erscheinung. »Du bist Feuerwehrmann.«

»Und was für einer«, sagte Armin, »ich muss dir unbedingt was erzählen. Es ist etwas wirklich Großes passiert. Und, hör mal, wenn du wegen dieser Sache …«

»Nein«, sagte ich, »es geht um Blank«, und ich erklärte Armin, dass ich schnellstens in den fünften Stock müsse, um vom Fenster aus Blank beizustehen.

»Willst du da einbrechen oder was?«

»Nein«, sagte ich. »Es geht nur darum, in der Nähe zu sein. Damit man hinterher sagen kann, dass man es gesehen hat, dass man dabei war, verstehst du?«

»Nein.«

»*Es geht um die Befreiung des Geistes*«, sagte ich.

Armin sah mich erstaunt an. »Karateregel Nummer sechs«, sagte er.

»Exakt.«

Armin seufzte. »Also gut.« Er nahm sein Funkgerät vom Gürtel. »Frank, das Tier befindet sich in der Baumkrone«, sagte er in das Gerät, obwohl Frank in Rufweite war, »ich nehme die Besitzerin mit hoch.«

»Muss das sein?«, fragte Frank durch das Funkgerät. »Kann die nicht hier unten warten?«

»Ist schwierig«, sagte Armin und sah mich an, »das Tier ist … das Tier kann nicht so gut mit Männern.«

Wir kletterten in den Leiterkorb. Frank fuhr die Leiter aus. Im Haus gingen Lichter an, Bewohner streckten ihre Köpfe heraus. »Brennt's?«, fragte jemand, an dessen Wohnzimmer wir vorbeifuhren. »Nein«, sagte ich, »machen Sie sich keine Sorgen. Nur eine Katze.«

Armin grinste. »*Es geht um die Befreiung des Geistes*«, sagte er, aber der Bewohner hatte den Kopf zum Glück schon wieder eingezogen.

Ich hatte nicht gewusst, dass ich unter Höhenangst litt. Jetzt wusste ich es und nahm mir vor, Blank zu fragen, ob er in seinem Schwangerschaftsbuch etwas über schwangerschaftsbedingte Höhenangst gefunden hatte.

»Stopp«, sagte ich, als wir an einem Fenster im fünften Stock waren. »Stopp«, sagte Armin in sein Funkgerät.

»Wir sind doch noch gar nicht am Baum«, sagte Frank. »Ich weiß«, sagte Armin, »wir müssen uns dem Tier langsam nähern.«

Frank lachte. »Du bist aber sensibel mit Tieren«, sagte er und hielt die Leiter an.

Ich hielt mein Gesicht nahe ans Fenster. Dahinter war es dunkel. Ich erkannte ein ungemachtes Doppelbett, einen Schrank, eine riesige Deckenlampe. »Weiter nach links«, sagte ich. Das nächste Fenster war direkt neben der Baumkrone.

»Jetzt doch schon weiter nach links«, sagte Armin in sein Gerät.

»Ich bewundere euren Mut«, sagte Frank und fuhr die Leiter nach links.

Das Küchenfenster war zur Hälfte von einer Scheibengardine verdeckt, die auch Armin und mich bis zu den Nasenspitzen versteckte.

»Sag ihm, dass er genau so bleiben soll.«

Armin drückte auf den Sprechknopf an seinem Funkgerät. »Perfekt, Frank«, sagte er.

Man konnte nichts hören außer Musik, die draußen gedämpft war, drinnen aber laut genug, um die Leiter zu übertönen. Die Küche war sehr groß. Am Tisch in der Mitte saßen eine Frau und ein Mann. Die Frau war zweifellos Blanks Frau, sie sah genauso aus, wie Blank sie beschrieben hatte. Die schwarzen Locken hatte sie hochgesteckt, sie trug eine helle, gepunktete Bluse, einen engen Rock, der knapp übers Knie ging. Das linke Bein hatte sie auf den freien Stuhl gelegt, ein rundliches Bein in einer Nylonstrumpfhose, Blank hatte erzählt, dass sie stolz auf ihre Beine war, weil sie immer noch glatt waren und ohne eine einzige Krampfader. Ihr hochhackiger Schuh hatte sich gelöst, er saß nur noch auf den Zehenspitzen. »Sieht gut aus«, sagte Armin, »für ihr Alter.«

Ich nickte. Blanks Frau rauchte eine Zigarette und hörte

dem Mann zu, der ihr gegenübersaß. Wenn sie lachte, warf sie den Kopf in den Nacken, und nur wenn sie lachte, sah man ihr Alter bis hierher, die Falten, die sich blitzschnell in ihrem Gesicht ausbreiteten.

»Ist das Blanks Witwe?«, flüsterte Armin, und ich erschrak über das Wort, ich dachte an sie immer nur als Blanks Frau, nie als Blanks Witwe, ich dachte auch an mich nur als Jakobs Frau, an Jakobs von Jakob verlassene Frau, und nie als Jakobs Witwe.

»Ja.«

»Und wer ist der Typ?«

»Keine Ahnung«, flüsterte ich. Der Mann, der ihr gegenübersaß, war um die sechzig, groß und breit, er trug einen hellen Anzug, seine grauen Haare waren zurückgekämmt und glänzten. Er beugte sich weit über den Tisch und rauchte einen Zigarillo, den Rauch blies er knapp an Blanks Frau vorbei, und er erzählte offenbar lustige Dinge, denn Blanks Frau warf oft den Kopf zurück.

Auf dem Tisch standen zwei leere Teller, zwei Gläser, eine Flasche Wein, die Küche war voller Zigarettenrauch. Ich fragte mich, ob Blank zu seinen Lebzeiten den Tisch und die Stühle ausgesucht, ob er die Gläser gekauft hatte, womöglich sogar den Wein.

»Vielleicht der Herrenausstatter oder einer von seinen Kunden«, sagte Armin. »Ist ja nicht gerade der günstigste Zeitpunkt, den dein Blank sich da ausgesucht hat.«

»Vielleicht ist es ja nur ein Verwandter.«

»Das glaubst du doch selbst nicht«, sagte Armin. »Wo ist er denn?«

Blank war nicht zu sehen. »Ich weiß es nicht«, flüsterte ich.

Armin hustete und tippte mir auf die Schulter. »Ich muss dir was sagen.«

Ich drehte mich zu ihm um. »Es ist in Ordnung«, sagte ich, »du musst dich wirklich um nichts kümmern.«

»Nein, nein, das ist es nicht.« Armin legte mir die Hände auf die Schultern und hatte plötzlich Tränen in den Augen. »Was ist denn?«

»Es ist was Großes passiert. Ich habe«, sagte Armin heiser, »ich habe jemanden gerettet. Ich habe zum ersten Mal in meinem Leben einem Menschen das Leben gerettet.«

»Wirklich?«

»Wirklich«, sagte Armin, lächelte und wischte sich mit dem Handrücken eine Träne von der Wange, »einen echten Menschen, aus einer echten brennenden Wohnung. Eine zweiundneunzigjährige Frau. Sie war etwas verwirrt und hat gedacht, mitten im April wäre Silvester, und hat Knallfrösche gezündet. In der Wohnung. Ich habe sie gerettet, und ihren Hund, den habe ich auch gerettet. In letzter Sekunde. Aus einem Flammenmeer.«

»Ein Flammenmeer?«

»Na ja, ein Mittelbrand. Aber ein riesiger.«

»Das ist ja großartig«, sagte ich und umarmte Armin, »herzlichen Glückwunsch.« Ich ließ ihn los, aber Armin ließ mich nicht los. Ich sah zu ihm hoch, seine Augen glänzten, er strahlte. »Und jetzt werde ich dich retten«, sagte er.

»Das ist nett von dir, Armin, aber ich muss gar nicht gerettet werden«, sagte ich, wand mich aus seiner Umarmung und warf einen Blick in die Küche, Blank war immer noch nicht da.

Armin lächelte mich an. »Doch«, sagte er und tätschelte mir

den Bauch, »und das mit dem kleinen Feuerwehrmann hier, das schaffen wir auch irgendwie.«

Ich sah auf meinen Bauch und auf Armins tätschelnde Hand, und mir wurde sowohl von Armins Tätscheln schlecht als auch von der Vorstellung eines winzigen, uniformierten schnauzbärtigen Feuerwehrmannes, der in meinem Bauch gelagert war und den ich mit Armin irgendwie schaffen musste.

»Das wollen wir ja mal sehen«, sagte ich, wie ein Zahnarzt, dem man bereits beim Reinkommen etwas versichert, und dann schaute ich wieder in die Wohnung, und auf einmal stand Blank in der Küchentür.

»Da ist er«, sagte ich. Blank blickte kurz zum Fenster. Ich nickte ihm zu wie jemandem, der zum ersten Mal auf einem Zehnmeterbrett steht. Er sah zum Herd, der direkt neben der Tür stand. Eine der vorderen Platten glühte, Blank schaltete sie aus. Er blieb vor dem Herd stehen, in seinem schwarzen verpflasterten Anzug, er sah aus, als könnte er nicht vor noch zurück.

»Jetzt«, sagte ich, ich sagte es zu Blank, der mich nicht hören konnte, »jetzt.«

Blank machte einen Schritt in die Küche, dann noch einen. Schließlich stand er direkt vor seiner Frau. Sie griff nach der Zigarettenschachtel auf dem Tisch. Sie schaute in Blanks Richtung, wie man während eines Gesprächs manchmal ins Leere schaut, um zuzuhören, um nachzudenken, und fingerte, ohne auf die Schachtel zu sehen, eine Zigarette heraus, sah dann weg und auf das Feuerzeug, zündete die Zigarette an, lehnte sich zurück und lächelte dem Mann zu, der ihr gegenübersaß, der amüsante Dinge erzählte und der nie und nimmer ein Verwandter war.

Blank sah mich an. Ich nickte. Blank ging noch näher zu seiner Frau, zögerte kurz, berührte ihre Schulter und zog die Hand wieder zurück, als habe er einen Stromschlag bekommen. Seine Frau nickte ihrem Gast zu und lachte.

Ich ließ die Tüte mit den Artischockenherzen fallen. Ein Artischockenherz fiel durch das Gitter des Korbes, ich sah ihm nach, es fiel unglaublich tief und brauchte lange, bis es lautlos auf dem Asphalt landete. Armin sah mich von der Seite an. »Was ist denn los?«, fragte er, »hast du ein Gespenst gesehen?«

Ich hatte mit allem gerechnet. Damit, dass Blanks Frau sich erschrecken, dass sie sich furchtbar erschrecken würde, dass sie sich freuen, dass sie weinen würde, vor Freude oder vor Schreck, dass sie versuchen würde, Blank zu verjagen, dass sie ihn bitten würde, zu bleiben, aber nicht damit.

»Sie kann ihn nicht sehen«, sagte ich.

Wieder streckte Blank seine Hand aus, wieder berührte er die Schulter seiner Frau. Dann hockte er sich neben ihren Stuhl und strich ihr über den Rücken. Blanks Frau zog an ihrer Zigarette und griff sich mit der anderen Hand in den Nacken, als sei ihr Kopf plötzlich schwer geworden. Blank stand auf, hielt sein Gesicht nahe an ihres und sagte etwas, er sagte viel, nahe vor ihrem Gesicht, und dass ich es nicht hören konnte, war selbstverständlich, dass aber Blanks Frau es nicht hörte, war nicht auszuhalten, Blanks Frau strich sich kurz über die Lider, dabei berührte sie Blanks verpflasterte Wange, ohne es zu merken. Sie lächelte, nahm ihr Bein vom Stuhl, beugte sich weit über den Tisch und küsste ihren Gast. Sie küsste ihn lange.

»Scheiße«, sagte Armin.

Blank war zurückgewichen und stand jetzt, bewegungslos wie eine Statue, am Kopfende des Küchentisches. Dann griff er mit zitternden Händen in die Innentasche seines Anzugs und zog einen Stift heraus. Er nahm ein Blatt von einem Stapel Papiere auf dem Telefontischchen. Er griff nach dem Blatt, ohne hinzusehen, ich musste mich daran erinnern, dass Blank sich in dieser Wohnung auskannte, dass er sie auswendig wusste. Er drehte sich um, legte das Papier auf die Anrichte und schrieb etwas auf. Ich sah seinen gebeugten Rücken. Dann drehte Blank sich zum Fenster und hielt das Blatt hoch über seinen Kopf.

»ABER SIE SEHEN MICH DOCH, SIE KÖNNEN MICH DOCH SEHEN?«, stand dort in zittrigen Großbuchstaben, und weil alles in Großbuchstaben geschrieben war, wusste ich nicht, ob Blank mit »SIE« seine Frau und ihren Gast oder mich meinte, deshalb wusste ich nicht, ob ich nicken oder den Kopf schütteln sollte. Ich tippte auf meine Brust. »Ja«, sagte Blank, man konnte es nicht hören, aber sehen, und ich fing an, so heftig zu nicken, wie ich noch nie in meinem Leben genickt hatte. Armin sah mich an. »Du musst auch nicken«, sagte ich, »bitte, du musst nicken«, und Armin nickte ebenfalls, er nickte so sehr, dass er seinen Helm festhalten musste.

Blank ließ das Blatt sinken. Armins Funkgerät fing an zu rauschen. »Was ist denn jetzt mit der Katze?«, fragte Frank.

»Ist nicht einfach«, sagte Armin. »Das Tier ist total verstört.«

»Wundert mich nicht, bei der Besitzerin«, sagte Frank. »Sag mal, macht dir das Spaß da oben? Hast du was mit der?«

Ich beugte mich über das Funkgerät, ohne den Blick von der Küche zu wenden. »Nein«, sagte ich.

»Doch«, sagte Armin leise.

»Jetzt macht mal schneller, verdammt«, sagte Frank.

Blank starrte seine Frau an, die sich erhob, die lächelnd und mit wiegenden Hüften auf ihren Gast zuging, sie ging an Blank vorbei, der den Bauch ein- und die Schultern hochzog, um jede Berührung zu vermeiden, sie setzte sich auf den Schoß des Gastes, der Gast lächelte und drückte seinen Zigarillo aus, sie schlang ihre Arme um den Hals des Gastes und küsste ihn.

»Sie müssen jetzt gehen«, flüsterte ich, »gehen Sie doch bitte.«

»Ist er immer noch da?«, fragte Armin. Ich nickte.

»Hör mal«, sagte Frank nach einer Weile aus dem Funkgerät, »ich fahr euch jetzt runter, mit oder ohne Katze. Ich hab längst Feierabend.«

»Sekunde«, sagte Armin, und Frank sagte: »Ich zähle bis zehn.«

Jetzt drehte Blank sich abrupt um, ging wieder zum Telefontischchen, nahm den Stapel Papier und setzte sich damit an den Tisch, auf den Stuhl, auf dem bis eben seine Frau gesessen hatte. Er räusperte sich, wie er sich immer räusperte, wenn etwas Wichtiges geschah, mit der Faust vor dem Mund, er straffte den Rücken, schaute noch einmal zu seiner Frau, die am anderen Ende des Tisches ihren Gast küsste, zog die Kappe vom Stift und begann zu schreiben. Er schrieb sofort los, ohne nachzudenken und als würde er etwas mitschreiben, als würde ihm jemand etwas diktieren.

Blank schrieb wie besessen und ohne aufzusehen. Blanks Frau und ihr Gast, der seine Hand unter ihre Bluse geschoben hatte, so dass man ein Stück ihres schneeweißen Rückens sah, küssten sich immer noch. Schließlich standen sie auf, Blanks Frau nahm den Gast bei der Hand, sie gingen an Blank, der nicht aufsah, vorbei und aus der Küche.

»Wir können hier nicht weg«, sagte ich zu Armin, und Frank sagte: »Zehn.« Ich wedelte vor dem Küchenfenster mit den Armen, bis Blank endlich hochschaute. Ich sah ihn fragend an und zeigte mit dem Daumen nach unten. Blank sah mich an, zerstreut, als hätte ich ihn beim Korrigieren einer Übersetzung gestört, und nickte.

Ich hob die Tüte mit den Artischockenherzen auf. Wir fuhren herunter. Wieder spürte ich die Höhenangst, die zwischendurch in Vergessenheit geraten war, wieder lehnten sich Bewohner aus den Fenstern. »Was ist denn jetzt mit der Katze?«, fragte einer.

»Entflogen«, sagte Armin.

»Was ist denn jetzt mit der Katze?«, flüsterte ich, als wir aus der Gondel herausgeklettert waren, Frank aus dem Auto stieg und uns entgegenkam.

Armin grinste. »Keine Ahnung, ist doch deine.«

»Und? Wo ist die Katze?«, fragte Frank.

»Es war genau genommen ein Sittich«, sagte ich. Frank zog die Augenbrauen zusammen. »Katze, hatten Sie gesagt. Wegen eines Sittichs wären wir nicht ausgerückt.«

»Eben«, sagte ich.

»Hören Sie mal«, sagte Frank, »das ist Betrug. Das kann richtig teuer werden.«

»Aber es war ein nahestehender Sittich«, sagte ich, »und jetzt ist er entflogen, das ist doch Strafe genug. Oder, Armin?«

»Ist trotzdem Betrug«, sagte Frank.

»Jetzt reg dich mal nicht auf, Frank«, sagte Armin und legte einen Arm um mich und einen um Frank. »Die Wahrheit ist: Diese Frau ist verrückt nach mir. Hat sie mir gerade gestanden. Und sie wollte mir das an einem Ort sagen, der auch was mit mir zu tun hat, mit meinem Beruf, meine ich. Stimmt's, Schnucki?«

»Ja«, sagte ich und hustete, »Schnucki.«

Armin küsste mich auf den Mund. »Sie hat gesagt, dass sie mich liebt und die Mutter meiner Kinder sein will. Süß, oder?«

»Süß«, sagte Frank zweifelnd. »Können wir trotzdem mal fahren?«

Frank ging zum Auto und kletterte hinein. Armin zog eine Postkarte aus der Innentasche seiner Uniformjacke und hielt sie mir hin. »Übersetz mal schnell«, sagte er.

Die Postkarte zeigte einen Strand mit Sonnenuntergang. *Heerlijk Zandvoort* stand in geschwungener Schrift mitten in der Sonne. Ich drehte die Karte um. »Lieber Armin, herzlichen Glückwunsch«, übersetzte ich. »Das sind großartige Nachrichten. Ich schreibe bald länger. Ich habe gerade sehr viel zu tun mit meinem … mit meinem Rettungsschwimmabzeichen. Dein alter Freund Ralph.« Ich drehte die Karte wieder um. »Er wird tatsächlich Bademeister.«

»Klar«, sagte Armin. »Jetzt mach«, rief Frank durchs Fenster.

»Jetzt könnt ihr ja auch mal zusammen Leute retten«, sagte ich. Armin schüttelte bedauernd den Kopf. »Im Meer brennt's ja nicht.« Er lächelte mich an. »Siehst du, er findet es gut.«

»Natürlich«, sagte ich, »das war ja auch heldenhaft.«

»Findest du?«

»Armin, jetzt mach mal hin«, rief Frank.

»Natürlich. Jeder findet so was heldenhaft.«

Armin grinste. »Von dem Feuer hab ich ihm gar nichts geschrieben. Er gratuliert mir zu der Sache mit dem Kind.«

»Ach so«, sagte ich, »aber woher weiß McQuincey das eigentlich?«

»Ich hab's ihm gesagt. Am Telefon«, sagte Armin.

»Was hast du gesagt?«

»Armin Dad«, sagte Armin stolz. »Hello Ralph, Armin Dad.«

Ich fragte mich, ob Armin McQuincey hatte sagen wollen, dass er Vater werde oder dass er so gut wie tot sei, vermutlich war es zu dem Zeitpunkt seines Anrufs das Gleiche gewesen. »Und was hat er gesagt?«

»Er hat gelacht. Sehr laut. Ich musste den Hörer weghalten.«

»Schönen Abend dann noch«, rief Frank, ließ den Motor an und fuhr los.

»Danke, Armin«, sagte ich, »vielen Dank.«

Armin löste die Schnalle seines Feuerwehrhelms, schwang ihn wie einen Zylinder und verbeugte sich tief. Ich klemmte die Tüte mit den Artischockenherzen unter den Arm und applaudierte.

»Gern geschehen«, sagte Armin, rannte dem Feuerwehrauto hinterher, sprang hoch, bekam die überhängende Leiter zu fassen, zappelte mit den Beinen in der Luft, zog sich hoch, setzte sich auf die Leiter und winkte.

Ich hockte mich auf die Stufen vor der Eingangstür und wartete auf Blank. Es war noch kälter geworden, ich krempelte die Ärmel von Jakobs Mantel herunter, so dass meine Hände darin verschwanden, schlang mir die Arme um den Körper und fragte mich, ob man, wenn man während einer Schwangerschaft fror, nur selber fror oder der andere auch. Ich zog den Mantelkragen noch höher, lehnte den Kopf gegen den Putz der Mauer und schloss die Augen.

Als ich sie wieder öffnete, saß Blank neben mir. Seine spitzen Knie in der schwarzen Anzughose ragten in die Höhe, die Arme hatte er vor dem Bauch verschränkt. Ich legte meinen Arm um seine Schulter, was seltsam ausgesehen haben muss, Blanks Schultern waren viel weiter oben als meine. »Wie geht es Ihnen?«, fragte ich.

»Sie hat schon wieder den Herd angelassen«, sagte Blank. Er versuchte zu lächeln, aber es gelang nicht. Er schwieg, dann sagte er: »Sie hat mich nicht gesehen. Sie hat mich nicht gesehen und nicht gehört.«

»Ich weiß«, sagte ich und strich Blank über den Rücken, »ich weiß. Ich war dabei. Ich habe es gesehen.«

»Ich bin nicht mehr da«, sagte Blank, »aber der Herrenausstatter ist da, und ich konnte nichts dagegen tun. Und als ich noch da war, konnte ich auch nichts dagegen tun. Als ich noch da war, konnte ich so wenig dagegen tun wie ein Gespenst.«

Weggehen hätte geholfen, dachte ich, aber ich sagte es besser nicht, denn es war kein hilfreicher Satz, er half genauso wenig wie die Sache mit den leeren Booten, die voll beladen waren, da konnten sie so leer sein, wie sie wollten, und Blank sagte: »Ich hätte weggehen sollen. Ich hätte einfach weggehen sollen.«

Ich lehnte meinen Kopf an seine Schulter. »Können Sie das wirklich hundertprozentig wissen?«

Blank lächelte. »Natürlich«, sagte er.

»Was haben Sie denn da drin geschrieben?«

Blank griff in die Innentasche seines Anzugs und holte ein paar zusammengefaltete Seiten heraus. »Ich habe Ihnen geschrieben«, sagte er. »Eine Liste.«

Er hielt mir die Seiten hin und zog sie dann wieder zurück. »Sie müssen mir aber versprechen, dass Sie die erst später lesen«, sagte er, und ich versuchte, mir nicht vorzustellen, von welchem Später Blank sprach.

»Versprochen«, log ich.

»Sie lügen.«

»Ja.«

Blank steckte den Brief zurück in die Innentasche seines Anzugs. »Aber Sie geben mir das bestimmt?«, fragte ich. »Sie vergessen das nicht?«

»Versprochen«, sagte Blank.

Wir redeten nicht darüber, und obwohl und weil wir nicht darüber redeten, wusste ich, dass nur noch wenig Zeit blieb. Weil ich sie vollständig mit Blank verbringen wollte, rief ich Bengt an, hielt mir die Nase zu und sagte, ich hätte eine schwangerschaftsbedingte fiebrige Erkältung. »Ich wusste gar nicht, dass du schwanger bist«, sagte Bengt. »Ich dachte, das wäre Kummerspeck.«

»Nein«, sagte ich.

»Na dann, herzlichen Glückwunsch. Lief das schon, als Jakob noch lebte?«

Ich ließ meine Nase los. »Was?«

»Das mit dem anderen Mann.«

Ich hielt meine Nase wieder zu. »Bengt«, sagte ich, »Bengt, was ist denn das überhaupt für ein Name.«

»Wie bitte?«

»Nein«, sagte ich, »das lief noch nicht.«

»Dann ist ja gut«, sagte Bengt, »betrogen werden, also, das wünscht man wirklich niemandem.«

»Da hast du recht«, sagte ich, »das wünscht man niemandem.«

Blank kam ins Wohnzimmer, setzte sich neben mich aufs Sofa und schlug die Beine übereinander.

Bengt seufzte. »Und das heißt jetzt also, dass ich mich auch noch um eine Schwangerschaftsvertretung kümmern muss, oder was?«

Ich tat so, als müsste ich niesen, und nieste sehr laut mitten in den Hörer. »Ganz genau das heißt es, Bengt«, sagte ich, legte auf und ließ meine Nase los.

Blank lächelte mich an. »Wollen wir ein wenig aufräumen?«, fragte er.

Blank tat einerseits, als bereite er alles für eine längere Reise vor, und andererseits, als seien wir gerade zusammengezogen. Er putzte und fegte, auch hinter den Regalen und Schränken, er schrubbte die Böden ab und putzte die Spiegel, den Kühlschrank und alle Lampen, die Wohnung wurde so sauber, wie sie noch nie gewesen war. Ich fragte ihn, warum er das tat, und Blank sagte: »Sie dürfen so was jetzt nicht mehr machen, in Ihrem Zustand.«

Ich reichte Blank Schwämme, Staubtücher, Besen und Handfeger. »Es tut mir sehr leid«, sagte ich, als Blank kopfüber in der Badewanne hing und die Schmutzränder um den Abfluss abschrubbte, »das mit Ihrer Frau. Das war schrecklich.«

Blank hielt kurz inne. »Sie hat mich nicht gesehen«, sagte er in die Badewanne hinein. Dann schrubbte er weiter. »Sie werden sehr unbeweglich werden, wissen Sie. Kurz vor Schluss werden Sie sich wahrscheinlich nicht mal mehr die Schuhe zubinden können.«

»Woher wissen Sie das eigentlich alles? Aus den Schwangerschaftsbüchern?«

Blank kam hoch und wischte sich mit dem Handrücken über die Stirn. »Ich habe auch ein Kind«, sagte er, dann verschwand sein Oberkörper wieder in der Badewanne.

»Das wusste ich nicht. Das haben Sie mir nie erzählt.«

»Das Kind lebt in Japan«, sagte Blank. »Ich hatte in den letzten Jahren nur wenig Kontakt mit ihm. Wir haben uns zum Geburtstag angerufen und zu Weihnachten. Wir haben nicht so viel … wir haben nicht so viel Gemeinsamkeiten. Jedenfalls nicht in den letzten zwanzig Jahren. Als es klein war, da schon.«

»Wie alt ist Ihr Kind?«

Blank kam wieder hoch. »Mein Kind ist vierunddreißig.«

»Ist es eine Frau?«

»Ein Mann«, sagte Blank.

»Warum hatten Sie denn so wenig Kontakt?«

Blank kratzte sich am Kopf. »Es hat sich so ergeben. Und es ist nicht so schlimm, solange ich weiß, dass es ihm gut geht. Es geht ihm gut. Er lebt einfach nur in einer ganz anderen Welt.«

»Was macht er denn?«

Blank räusperte sich. »Er ist Zahnarzt.«

»Was?«

»Tatsächlich.«

Ich lachte. »Das stimmt. Zahnärzte leben in einer ganz anderen Welt.«

Ich überlegte kurz, Blank zu fragen, ob er bei der Geburt seines Sohnes dabei gewesen sei. »Ich habe übrigens eine Kleinigkeit für Sie«, sagte Blank, legte den Schwamm auf den Badewannenrand und ging in die Küche. »Kommen Sie mal«, rief er.

Ich ging in die Küche. Blank holte den Karton unter der Spüle heraus, den er vor der Untersuchung bei der Ärztin besorgt hatte. Darin waren ein Paar Schuhe ohne Schnürsenkel oder Klettverschluss, außerdem ein langer Schuhlöffel. »Die sind ausgesprochen bequem, gerade in den unbeweglicheren Monaten«, sagte Blank.

Das ist ein Abschiedsgeschenk, dachte ich. »Das ist sehr nett von Ihnen«, sagte ich.

Blank schlug vor, die Möbel umzustellen. »Dieses Regal könnten wir woanders hinstellen, es sieht da etwas verloren aus«, sagte er.

»Das hat Armin auch mal gesagt«, sagte ich, und wir stellten das Regal an einen Platz, an dem es, wie Blank fand, weniger verloren aussah.

»Blank, die Schuhe, wenn ich das fragen darf, wie haben Sie die eigentlich gekauft?«

Blank wurde rot, ich hatte ihn noch nie erröten sehen. »Das ist mir etwas unangenehm«, sagte er. »Und ich muss dazusagen, dass ich so etwas bisher nie getan habe. Und ich werde es auch nie wieder tun. Aber wie Sie sich denken können, hatte ich keine andere Wahl.«

»Sie haben die mitgehen lassen?«

Blank nickte.

»Das erzähle ich Armin. Er wird sehr stolz auf Sie sein.«

»Bitte nicht«, sagte Blank ernst, »es ist mir wirklich sehr unangenehm.«

Wir wussten, dass es die letzte Zeit war, und ich war mir nicht sicher, ob man sie mit Putzen und Umstellen verbringen sollte, aber vielleicht war undramatisches Putzen und Umstellen das Beste, was man tun konnte, vielleicht war das Beste aber auch, dramatische Sätze zu sagen, einfach weil man im Gegensatz zu der Zeit vor anderen, abrupten Abschieden jetzt Gelegenheit dazu hatte, weil man diesen Abschied kommen sah, weil Blanks Abschied ein absehbarer Abschied war, der erste absehbare Abschied meines Lebens.

Blank tröpfelte Scheuermilch auf einen Schwamm und putzte die Spüle. Ich sah ihm zu.

Auf Wiedersehen, dachte ich.

Sie haben mir das Leben gerettet, dachte ich.

Sie sind das Beste, was mir jemals passiert ist, dachte ich.

Es wird sehr schmerzhaft sein, Sie gehen zu lassen, dachte ich.

Ich liebe Sie, dachte ich.

Ich werde Sie niemals vergessen, dachte ich.

»Der Flamingo würde sich übrigens rechts neben dem Fenster besser machen«, sagte Blank. Er drehte sich nicht um, er putzte die Spüle.

Ich lief ins Badezimmer, mir wurde schlecht, nicht weil ich schwanger war und nicht weil alles, was ich probeweise gedacht hatte, klang wie der Text eines Karatefilmliedes, sondern weil das alles stimmte, weil es schmerzhaft werden würde und weil, im Gegensatz zu einer Zahnbehandlung, niemand sagen konnte, wie lange es schmerzhaft sein würde, nur warum.

Als ich wiederkam, hatte Blank den Flamingo umgestellt. »Gefällt es Ihnen so?«

»Ja. Vielleicht sollten wir uns mal hinsetzen, was meinen Sie?«

Blank sah mich an und fuhr sich mit dem Handrücken über die Stirn. »Lieber nicht«, sagte er, »wir dürfen jetzt nicht anhalten.«

Ich schwieg und sah Blank an.

Er strich sich über die Stirn. Seine Hand zitterte leicht. »Weil ich sonst sehr unglücklich werde«, sagte er.

»Gut«, sagte ich, »wir halten nicht an«, und folgte Blank ins Schlafzimmer.

»Das Babybett steht auch noch nicht richtig«, sagte Blank. Es stand am Fußende des Bettes, das jetzt nur noch mein Bett war. Wir räumten den Kleiderschrank aus und schoben ihn aus dem Schlafzimmer in den Flur, damit das Babybett neben meinem Bett stehen konnte.

In dem Berg von Sachen, die jetzt vor dem Schrank im Flur lagen, waren noch Sachen von Jakob. Ich kniete mich hin und machte einen Stapel aus Jakobs Sachen und einen aus meinen. Jakobs Stapel war relativ klein. Ich hatte mir, weil meine Oberteile nicht mehr passten, all seine Hemden genommen, sie passten nicht, aber das war egal, sie waren besser als die Schwangerschaftshemden, die Blank und ich überstürzt gekauft hatten, bis auf ein Oberteil hatten wir sie nicht genauer angesehen und deshalb nicht bemerkt, dass vorne, auf Bauchhöhe, Bilder und Sätze aufgedruckt waren, ein Bär, der ein Herz in der Hand hatte, auf dem *Mama* stand, ein nuckelndes Comic-Baby, *Here comes trouble* oder *Mit Liebe gemacht*.

Ich holte eine Tüte aus der Küche und packte Jakobs Sachen hinein, die Tüte war gerade groß genug. Blank war im Schlafzimmer. »Ich könnte Jakobs restliche Sachen zum Altkleidercontainer bringen«, rief ich.

»Ja«, rief Blank zurück, »das ist eine gute Idee.«

Ich sah auf die hellgrüne Tüte. Sie war zum Zerreißen gespannt. »Vielleicht behalte ich sie aber auch«, rief ich. Blank kam aus dem Schlafzimmer, er hatte einen Besen in der Hand, mit der Bürste nach oben, sie war voller Spinnweben. »Wir können auch einfach zum Container fahren und dann schauen, ob Sie die Sachen hineinwerfen oder nicht«, sagte er. »Wir können auch mehrfach hin- und zurückfahren.«

Blank meinte das ernst, ich wusste, dass er mehrfach mit mir hin- und herfahren würde, immer wieder zum Container und immer wieder zurück, mit Jakobs Sachen im Kofferraum, bis ich sie endlich in den Container hinein- oder endgültig nicht hineingeschmissen hätte, und am Schluss wäre es gut so, wie es wäre, es wäre gut, die Tüte hineingeschmissen, und genauso gut, sie wieder mit nach Hause genommen zu haben.

»Das braucht zu viel Zeit«, sagte ich, »ich lasse sie lieber gleich hier.« Ich nahm die Tüte, stellte mich auf die Zehenspitzen und versuchte, sie auf den Schrank zu legen, aber ich war zu klein. Blank stellte sich neben mich und schob sie hoch. Dann ging er wieder ins Schlafzimmer. Ich trat ein paar Schritte zurück, die pralle Tüte lag jetzt auf dem Schrank, wie eine einsame, viel zu groß und viel zu dick geratene Raupe, der, im Gegensatz zu all ihren Verwandten, die Verpuppung trotz größter Konzentration nicht gelingen wollte.

Ich ging zu Blank ins Schlafzimmer. Das Mobile hing entwirrt über dem Babybett. Blank hatte eine Kommode abgerückt und putzte die Fußleiste dahinter. Die Brille rutschte ihm immer wieder die schweißnasse Nase herunter, er schob sie mit dem Handrücken hoch. »Sie müssen das wirklich nicht machen«, sagte ich.

Er sah kurz zu mir hoch. »Ich mache es aber sehr gern.«

Ich setzte mich auf mein Bett. Davor, zwischen den Sachen, die Blank unter dem Bett hervorgekehrt hatte, lag ein Strumpf von Armin. Ich hob ihn auf. Es war jetzt Abend und dämmrig, draußen fing es an zu regnen, der Regen verlor keine Zeit mit Nieseln, er prasselte ohne Einleitung los.

Das Fenster war offen, der Wind bewegte das Mobile, der Regen übertönte das leise Klacken von kleinem Holz gegen kleines Holz. Ich drehte Armins Strumpf in den Händen, wickelte ihn erst ums eine, dann ums andere Handgelenk.

»Ich vermisse ihn maßlos«, sagte ich und hoffte, dass Blank

nicht näher kommen, dass er sich nicht zu mir setzen würde, weil es sonst ohne Einleitung losprasseln würde. Blank sah zu mir herüber. »Ich weiß«, sagte er, stand auf und setzte sich neben mich. Ich schlang meine Arme um seinen Hals, und es prasselte los. Blank zog meinen Kopf auf seine Brust.

»Und ich vermisse ihn besonders, seit wir Alina getroffen haben, seit wir Alina getroffen haben, denke ich gar nicht mehr an Alina, weil sie seither nicht mehr als ein leeres Boot ist, seither ist Alina egal, seither ist nur noch das wichtig, was vorher war, und das zu vermissen, was vorher war, das ist … das ist nicht gut auszuhalten.«

»Ich weiß«, sagte Blank und strich mir über die Haare. Wir schwiegen eine Weile, man hörte nur noch den Regen, der alles überstürzt hatte.

»Vermutlich nimmt es kein Ende«, sagte Blank dann, »vermutlich nimmt es kein Ende, solange Sie leben.«

Ich schaute hoch, auf Blanks faltigen Hals, sein glattrasiertes Kinn, das er nie rasieren musste. »Aber es wird leiser«, sagte er. »Ich verspreche Ihnen, dass es leiser wird. Irgendwann ist es ungefähr so leise wie ein Lied, das ein Nachbar in der Wohnung nebenan hört.«

Ich löste mich aus Blanks Umarmung und schnäuzte mich in Armins Strumpf. »Hört er es oft?«

Blank lächelte. »Ja. Sehr oft. Dummerweise ist es sein Lieblingslied. Das schönste Lied, findet er, das jemals geschrieben wurde.«

»Der Idiot«, sagte ich. »Hört er es in Zimmerlautstärke?«

Blank nickte. »In Zimmerlautstärke. Meistens jedenfalls.«

Ich stand auf und ging zum Fenster, weit weg vom Bett, weit weg von Blank, und sah ihn von dort aus an. Der Wind wehte den Regen durch das geöffnete Fenster ins Zimmer, Tropfen fielen mir auf den Rücken und klatschten auf die Dielen.

»Es ist so«, sagte ich, »Sie dürfen nicht weggehen. Wir müssen das verhindern.«

Es war jetzt fast ganz dunkel. Blanks Augen glitzerten. »Kommen Sie doch wieder her«, sagte er und klopfte neben sich auf das Bett. »Sie sehen erschöpft aus. Sie sind ein bisschen grün im Gesicht.«

Ich ging zu ihm und setzte mich auf die Bettkante. Blank fasste mich an den Schultern, drückte meinen Oberkörper aufs Bett, hob meine Beine hoch und legte sie hin, er legte mich hin, als sei ich eine bettflüchtige Greisin oder ein übernächtigtes Kind. Dann legte er sich neben mich, auf die Seite, mir zugewandt, und stützte den Kopf in die Hand. Er war selbst ein bisschen grün im Gesicht, er sah selbst erschöpft aus.

»Machen Sie ruhig die Augen zu«, sagte ich.

»Ich will aber nicht schlafen«, sagte Blank.

»Schlafen Sie ruhig. Ich bleibe wach.«

Blank drehte sich auf den Rücken. »Aber nur ein wenig.«

»Ich bleibe wach«, sagte ich. »Ich passe auf.«

Blank nahm meine Hand, schloss die Augen und schlief auf der Stelle ein.

Ich betrachtete sein Gesicht und strich vorsichtig mit dem Zeigefinger über das Pflaster auf seiner Wange. Ich schaute an Blank herunter, es gab keine neuen Löcher, vielleicht, dachte ich, würde doch noch etwas Zeit bleiben.

Blank schlief fest. Ich ließ den Kopf sinken, ich lag nahe an Blank, mein Bauch berührte seine Hüfte, und weil es anstrengend war, nicht einzuschlafen, schlief ich darüber ein.

Als ich aufwachte, war es Morgen. Mein Arm lag auf Blanks Brust. Ich setzte mich auf. Blank schlief noch, er hatte sich in eine Decke gewickelt. Ich strich ihm über die Haare. »Blank, wollen wir aufstehen?«, flüsterte ich.

»In Ordnung«, murmelte Blank und drehte sich auf die Seite.

Ich kletterte aus dem Bett, ging in die blitzsaubere Küche und machte zwei Bananenshakes. Als ich mit einem Tablett auf den Armen zurückkam, war das Bett leer.

»Blank?«, rief ich. Ich rief es etwas lauter, als ich wollte.

»Ich bin hier im Badezimmer«, rief Blank.

Er hatte ein Bein auf den Badewannenrand gestellt und putzte seine Schuhe, sie waren beim Saubermachen dreckig geworden. Er hatte mir den Rücken zugewandt. In seinem Rücken waren plötzlich vier neue Löcher, vier auf einmal, großflächige Löcher, man konnte hindurchsehen. Ich krallte meine Hände in das Tablett.

»Guten Morgen«, sagte Blank, ohne sich umzudrehen, und polierte seine Schuhe mit einem Stück Klopapier. »Ich habe mir überlegt: Heute könnten wir Ihren Keller entrümpeln. Wir können es jedenfalls versuchen. Ich sehe heute so schlecht, seltsamerweise.« Der Schuh war fertig poliert, Blank nahm den Fuß vom Badewannenrand, drehte sich um und lächelte mich an. »Wie geht es Ihnen?«, fragte er. »Haben Sie gut geschlafen?«

Ich ließ das Tablett fallen und presste mir die Hand vor den Mund. Blank wich einen Schritt zurück. »Was ist?«, fragte er. Er fragte es viel lauter, als er es gewollt haben kann.

»Ihr Auge«, flüsterte ich.

Blank ging über die Scherben zu mir und nahm mir die Hand vom Mund. »Was?«

»Ihr Auge«, sagte ich.

Blanks rechtes Auge war nicht mehr da. Wo sein rechtes Auge gewesen war, war ein Loch, man konnte hindurchsehen.

Blank wurde bleich. Er zog die Brille ab, betastete sein Gesicht und hielt sich dann die flache Hand vor das Loch. Sein Mund verzerrte sich, sein linkes Auge war weit aufgerissen. Blank gab keinen Ton von sich.

Ich legte meine Hand auf Blanks Hand und versuchte, sie zu lösen, aber Blank presste sie nur noch fester auf sein Gesicht.

Ich fuhr mir mit beiden Händen durch die Haare. »Ich weiß, was wir machen«, sagte ich schnell, »wir kaufen eine Augenklappe. Ich bin mir sicher, dass es in der Apotheke Augenklappen gibt, das ist doch eine gute Idee, Blank, oder?«

Blank schwieg und sah mich an, als hätte nicht er ein Auge verloren, sondern ich. Tränen liefen über seine linke Wange.

»Das machen wir, oder, Blank? Wollen wir gleich losgehen, was meinen Sie? Und hinterher misten wir den Keller aus oder was immer Sie ausmisten wollen, wir könnten auch noch ein bisschen putzen«, ich sah mich um, »da zum Beispiel«, ich zeigte auf das dreckige Badezimmerfenster, »oder hier«, ich riss das Spiegelschränkchen auf, Q-Tipps und Wundpflaster und meine Zahnbürste fielen heraus und ins Waschbecken, »hier haben wir noch gar nicht geputzt, von innen, Blank, was meinen Sie? Und wir müssen auch noch einkaufen gehen«, Blank sah mich an, er weinte lautlos, »wir haben nämlich«, sagte ich und strich ihm über den Arm, als wollte ich etwas abwischen, »wir haben nämlich noch längst nicht alles für das Kind, ich habe mich noch mal informiert, in einem dieser Bücher, wir haben eine Babynagelschere und eine Babybadewanne vergessen, Sie werden lachen, Blank, das sind wesentliche Dinge, weil die Nägel von Babys, habe ich gelesen, sehr schnell wachsen, und sie baden sehr gern, Sie werden lachen, man braucht so eine Wanne dringend von Anfang an, weil sie gerne von Anfang an darin baden wollen, Blank, wegen der Augenklappe, glaube ich, gehen wir vielleicht doch zu meinem Augenarzt und nicht in die Apotheke, was meinen Sie?«

Blank stand da, er sah mich an und rührte sich nicht. »Oder zu einem Kostümverleih, bestimmt gibt es irgendwo einen, die haben sicher Augenklappen, oder wissen Sie was, wir kleben einfach ein Pflaster drauf, wir haben doch gute Erfahrungen mit den Pflastern gemacht, und heute Nacht hatte ich übrigens eine wirklich gute Idee. Wir gehen noch mal zu Ihrer Frau, Blank. Und diesmal warten Sie unten und ich gehe hoch, also, auf normalem Wege, ich nehme die Treppe, Sie können natürlich auch mitkommen, aber falls Sie nach Ihrem … nach Ihrem unglücklichen letzten Besuch lieber unten warten möchten, gehe ich alleine, ich nehme die Treppe, ich klingele bei Ihrer Frau und stelle mich vor und setze mich mit Ihrer Frau an den Küchentisch, und dann erzähle ich ihr von Ihnen. Blank, dass wir da nicht früher drauf gekommen sind! Perfekt, oder? Ich erzähle ihr von Ihnen, Sie schreiben mir einfach alles auf, was Sie ihr sagen wollten, Sie machen eine Liste, Blank, und ich sage ihr dann einfach alles, was Sie ihr sagen wollten, perfekt, oder? Und ich sage ihr, dass Sie mir das Leben gerettet haben, und ich kann bei der Gelegenheit auch nachsehen, ob sie wieder den Herd angelassen hat.« Blank nahm die Hand von seinem Gesicht und schloss mich in die Arme, er hielt mich so fest, dass mein Mund gegen seine Brust gepresst war und ich fast nichts mehr sagen konnte.

»Perfekt, oder?«, sagte ich in Blanks Hemd hinein, und dann brach ich in Tränen aus, Blank ließ mich nicht los, ich schluchzte, mein ganzer Körper bebte, ich schob eine Hand zwischen Blank und mich und legte sie auf meinen Bauch, weil, wenn man in einer Schwangerschaft bebt, der andere vermutlich mitbeben muss.

Blanks Kinn lag auf meinem Scheitel. »Machen Sie die Augen zu«, sagte er leise.

Ich löste mich aus Blanks Umarmung, das war nicht leicht, er hielt mich sehr fest.

Ich sah Blank an, sein schmales Gesicht, das Pflaster auf seiner linken Wange, das sich an den Rändern gelöst hatte, weil es nass geworden war, weil Tränen darüber liefen, sein linkes Auge, das Auge, das noch da war, das jetzt noch da war.

»Nein«, sagte ich.

Blank lächelte mich an. »Machen Sie die Augen zu.«

Ich dachte an Jakob im Krankenhaus, an Jakob, kurz bevor er starb, daran, wie er sein Auge nicht zumachen wollte, wie er immer wieder versuchte, sein Auge offen zu halten, an Jakobs Lid, das sich all den Versuchen zum Trotz immer wieder über sein Auge senkte, wie der Flügel eines sehr müden Vogels, ich dachte daran, wie Jakob sein Auge nicht hatte offen halten können, wie es sich schließlich doch geschlossen hatte, ganz und gar, kurz nachdem Jakob gesagt hatte: »Mir ist was Komisches passiert.«

Blank stellte sich hinter mich, fasste mich an den Schultern und lehnte meinen Rücken gegen seine Brust. Wir standen jetzt dicht aneinander vor dem Badezimmerspiegel.

Blank räusperte sich. Dann legte er eine Hand auf meine Augen, wie man einem Geburtstagskind die Hand auf die Augen legt. Seine Hand war warm. Ich konnte nichts mehr sehen.

»Jetzt«, flüsterte Blank. Mir wurde schlecht, ich schluckte, meine Beine waren wie mit Luft gefüllt. Der Druck seiner Hand auf meinen Augen wurde erst stärker, dann ließ er langsam nach, und auch Blanks Körper, der hinter mir gestanden hatte, ließ langsam nach.

»Jetzt«, sagte Blank, und dann verschwand er.

Ich öffnete die Augen sehr lange nicht. Als ich sie öffnete, war nur noch ich im Spiegel. Darunter, auf dem Waschbecken, lag ein Umschlag.

Ich setzte mich auf den Badewannenrand. Mit einem Mal war ich außergewöhnlich schwer, so schwer, wie ich noch nie gewesen war. So schwer wie ein Türsteher, eine Frau am Ende einer Drillingsschwangerschaft, ein voll beladenes Boot, so schwer wie ein überlebensgroßer Flamingo aus Stahlbeton, drei afrikanische Krokodile, ein Bus voller indischer Yogis, ein Eigenheim, eine Landschaft. So schwer wie ein älterer, überaus freundlicher Herr mit schweren Knochen.

Ich drehte den Umschlag in den Händen. »Katja Wiesberg«, stand vorne darauf. »Blank«, stand hinten. Bevor ich den Umschlag öffnete, sah ich aus dem Fenster. Es war, für einen Morgen im April, erstaunlich hell.

Karate

Ich sitze hier bei meiner Frau. Sie kann mich nicht sehen. Das ist ~~entsetzlich~~ genau genommen nicht überraschend. Ich werde Ihnen jetzt eine Liste schreiben, ich weiß mir nicht anders zu helfen.

1.

Es wäre gut, wenn Sie jemanden lieben könnten, dem Sie sich zu zeigen trauen. Und zwar nicht erst, wenn Sie tot sind.

2.

Geistern Sie nach Möglichkeit nicht mehr herum. Sie sind genug herumgegeistert. Herumgeistern führt nur in Ausnahmefällen zu etwas Gutem (zum Beispiel mich zu Ihnen).

3.

Bitte sagen Sie Armin, dass ich nicht weiß, wie es generell ist zu sterben. Ich habe keine Ahnung davon, wie es bei einem Mord ist, in einem Feuer, bei einem Autounfall oder durch Ertrinken.

Ich glaube, wenn man stirbt, stirbt auch die Angst vor dem Sterben. Im Moment meines Sterbens war das Sterben vorbei. Auch die Angst war vorbei. Es war, in meinem Fall, wie in einem Flugzeug, das durch ein Luftloch fliegt. Ein erstaunliches Gefühl, als würde man von innen angehoben, obwohl man sich nicht bewegt. Das ist das letzte, woran ich mich erinnere: an ein Gefühl des Erstaunens.

Ich vermute, dass der Schrecken des Todes eine Einflüsterung des Lebens ist. Schlimm ist nicht, dass der Tod am einen Ende zieht, sondern dass das Leben am anderen nicht loslässt (dafür schätzen wir es ja auch).

4.

Das Totsein ist vollkommen selbstverständlich (es sei denn, man geistert herum). Der Tod ist, so scheint es mir jedenfalls, sehr naheliegend. Abwegig ist das Leben, einschließlich seiner Hornhautraspeln.

5.

Alle Herzen sind verschieblich. Eine Festklammerung ist nur in Ausnahmefällen notwendig, darüber entscheidet ein Arzt.

6.

Onkel Arno ist das Gegenteil von Onkel Arno und gleichzeitig Onkel Arno! Das gleiche gilt für Armin und Herrn McQuincey, es gilt für Sie, für Jakob und für mich.

7.

Ich hoffe, dass ich bis zur Geburt Ihres Kindes bei Ihnen bleiben kann. Ich weiß nicht viel über Geburten. Wenn es ungefähr so ist wie bei meiner Frau, vielmehr bei meiner Witwe, könnte es folgendermaßen ablaufen: Sie werden denken, dass Sie daran sterben, aber mit an Sicherheit grenzender Wahrscheinlichkeit ist das nicht der Fall. Sie werden nicht daran sterben. Es wird furchtbar schmerzhaft sein, und keiner kann sagen, wie lange. Wenn Sie Pech haben, ist das Personal nicht besonders hilfreich, weil man selten das Glück hat, an jemanden wie Jakob zu geraten, der zumindest als Arzt wusste, wie man etwas lindert. Aber das Gute ist, dass Sie während der Geburt Ihre Fäuste benutzen dürfen, und ich möchte Ihnen das empfehlen. Meine Frau (sie sitzt mir gerade gegenüber) hat seinerzeit scheinbar unbeabsichtigte Kinnhaken ausgeteilt. Einen, als der Arzt sagte: »Schreien Sie nicht so«, einen, als die Hebamme sagte: »Das haben schon ganz andere geschafft«, und einen, als die Ersatzhebamme sagte: »Es ist noch kein Kind drin geblieben.« (Sie müssen sich diese Sätze nicht merken. Es können ebenso gut andere Anlässe sein.) Machen Sie das ruhig auch. Schlagen Sie zu.

8.

Und dann ist es geschafft. Das Kind wird eventuell bläulich sein, aber es wird alle Lebenszeichen aufweisen, inklusive eines Herzens, das sich nach einer defekten Spülmaschine anhört. Und Sie werden es aller Wahrscheinlichkeit nach mit einer Liebe zu tun bekommen, die Sie außer Gefecht setzt. (Wenn nicht, ist es aber auch nicht schlimm.)

9.

Nichts ist für immer, nur der ganz und gar außergewöhnliche Nofking. Er lebt, vermute ich, in einem Land mit X.

10.

Karatefilme sind besser als ihr Ruf.

11.

Alle wichtigen Entscheidungen müssen auf der Basis lückenhafter Daten getroffen werden. (Ich weiß nicht, wie viel Gelegenheit ich noch haben werde, das zu wiederholen, ich glaube, man muss Ihnen das häufiger sagen, Sie sind da etwas begriffsstutzig hartnäckig.)

12.

Wenn Sie, wie so oft, den Eindruck haben, es sei unwirtlich in Ihnen, ist das ein Symptom dafür, dass Sie sich zu sehr um die Inneneinrichtung anderer Menschen gekümmert haben.

13.

Weil ich gerade bei Inneneinrichtungen bin: Sie haben sich vertan. Jakob hat nicht alles mitgenommen. Das, was Ihnen gehört, hat er dagelassen.

14.

Versuchen Sie bei der nächsten Höhenangst, sich nicht festzuklammern, sondern freihändig stehen zu bleiben. Das wäre eine Übung in Hingabe. Hingabe ist – das kann ich Ihnen aus meiner Position versichern – früher oder später unvermeidlich. Deshalb kann man sie bei Gelegenheit genauso gut schon einmal üben.

15.

Lassen Sie sich nichts einreden. Ihre Übersetzungen sind ungeheuer kreativ.

16.

Wie ich Sie kenne, fürchten Sie, nie wieder vorbehaltlos eine Liebesbeziehung eingehen zu können, sollte sich jemals eine neue anbieten. Damit haben Sie vermutlich recht. Genau genommen können das die Allerwenigsten.

17.

Ich habe immer geglaubt, das Leben sei eine Einladung mit Tischkärtchen. Als müsste man sich, schon aus Gründen der Höflichkeit, auf den Stuhl setzen, der einem zugewiesen wird, auch wenn es am anderen Ende des Tisches viel lebhafter zugeht.

Ich möchte Ihnen sagen: Das ist ein Irrtum. Es ist eine Einladung mit freier Platzwahl.

18.

~~Ich bin Ihnen zu großem~~ ~~Ich kann Ihnen gar nicht genug~~ ~~Sie liegen mir~~ Ich liebe Sie auch.

19.

Gleich ist es vorbei. Erinnern Sie sich an Jakobs Schild.

20.

~~Ich wünschte, ich könnte sagen:~~ Bis später. Ich hole Sie ab.